ro
ro
ro

Pierre Boileau und Thomas Narcejac sind die erfolgreichsten französischen Kriminalromanautoren. Ihre nervenzerreißenden Psychothriller haben viele Regisseure zu spannenden Filmen inspiriert, am bekanntesten sind «Die Teuflischen» und sein amerikanisches Remake «Diabolisch» und «Vertigo – Aus dem Reich der Toten», sicher einer der allerbesten Filme von Alfred Hitchcock.

Boileau Narcejac

VERTIGO

Aus dem Reich der Toten

Roman

Deutsch von Marianne Caesar

Rowohlt Taschenbuch Verlag

Neuausgabe Januar 2005

Veröffentlicht im Rowohlt Taschenbuch Verlag,
Reinbek bei Hamburg, Juni 1985
unter dem Titel «Aus dem Reich der Toten»

Die Originalausgabe erschien 1958 bei Éditions Denoël, Paris
unter dem Titel «D'entre les morts»

Umschlaggestaltung
any.way, Barbara Hanke/Cordula Schmidt
(Szene aus dem Film «Vertigo», USA 1958,
Regie: Alfred Hitchcock) © Alfred Hitchcock Productions/
Paramount Pictures/CINETEXT Bildarchiv
Druck und Bindung
Druckerei C. H. Beck, Nördlingen
Printed in Germany
ISBN 3 499 23851 9

Für Pierre Véry

Erster Teil

I

«Ich möchte, daß du meine Frau beschattest», sagte Gévigne.

«Ich soll ... Na hör mal! – Betrügt sie dich?»

«Nein.»

«Warum also?»

«Das ist nicht so einfach. Sie ist ... sonderbar. Ich mache mir Sorgen.»

«Wovor hast du Angst?»

Gévigne überlegte. Er sah Flavières an. Er war unsicher, das spürte Flavières. Gévigne hatte sich nicht verändert seit ihrer gemeinsamen Studienzeit, damals vor fünfzehn Jahren. Nach außen hin war er herzlich und lebhaft, redete gern und viel, aber im Grunde war er verschlossen, schüchtern und unglücklich. Eben hatte er Flavières mit ausgebreiteten Armen begrüßt. ‹Roger, alter Junge! Schön, dich wiederzusehen ...› Viel zu theatralisch! Und erst sein lautes Lachen! Die fünfzehn Jahre waren nicht spurlos an ihnen beiden vorübergegangen. Sie hatten sich äußerlich sehr verändert. Gévigne war beinahe kahl; er hatte ein Doppelkinn. Seine Augenbrauen waren fast rostrot geworden, und die Nase war mit Sommersprossen bedeckt. Flavières war mager geworden; sein Rücken war gebeugt – seit der Geschichte damals. Seine Hände wurden feucht, wenn er daran dachte, daß Gévigne ihn fragen könnte, warum er nicht mehr Polizist, sondern Anwalt war.

«Ich habe nicht wirklich Angst um sie», fuhr Gévigne fort. Er bot Flavières eine Zigarre an aus einem kostbaren Etui. Auch seine Krawatte war kostbar, und der Nadelstreifenanzug saß hervorragend. Ein Brillantring blitzte, als er ein Streichholz aus einem Heftchen riß, das aus einem sehr teuren Restaurant stammte. Mit gespitzten Lippen blies er langsam den Rauch in die Luft.

«Eine komische Sache», meinte er.

Ja, Gévigne hatte sich sehr verändert. Er hatte das Gefühl der Macht gekostet. Wahrscheinlich war er Mitglied von mehreren Aufsichtsräten, hatte viele Freunde, Verbindungen und Einfluß. Seine Augen waren immer noch so flink und unruhig, und man konnte auch jetzt Angst in ihnen aufsteigen sehen, die er in der nächsten Sekunde hinter gesenkten Lidern verbarg.

«Eine komische Sache?» Flavières hob fragend die Brauen.

«Ja, gewissermaßen ...» Gévigne zögerte. «Meine Frau ist glücklich und zufrieden. Wir sind seit vier Jahren verheiratet; wir leben in gesicherten Verhältnissen. Mein Betrieb in Le Havre läuft auf Hochtouren seit der Mobilmachung – der Grund, weswegen ich nicht eingezogen worden bin. Wir gehören also zu den Privilegierten, sozusagen.»

«Keine Kinder?»

«Nein.»

«Und weiter?»

«Wie schon gesagt, Madeleine hat alles, was sie braucht. Und trotzdem stimmt da etwas nicht. Sie war immer ein bißchen wunderlich, hatte Launen, war depressiv. Aber seit ein paar Monaten ist es plötzlich schlimmer geworden. Beunruhigend schlimmer geworden.»

«Warst du mit ihr bei einem Arzt?»

«Sicher; bei mehreren Kapazitäten ... Es fehlt ihr nichts. Überhaupt nichts.»

«Nichts Organisches», räumte Flavières ein. «Und psychisch?»

«Nichts. Nicht so viel!» Er schnalzte mit den Fingern und wischte etwas Asche von seiner Weste. «Ganz schön kompliziert ist das alles, das kannst du mir glauben. Am Anfang hab ich auch gedacht, es handele sich um eine fixe Idee, um irgendeine Angst – vielleicht durch den Krieg. Sie versinkt zum Beispiel plötzlich in Schweigen, und wenn man mit ihr spricht, hört sie kaum zu.

Oder sie starrt auf einen Gegenstand ... Schrecklich ist das! Man könnte meinen, sie sieht irgend etwas – wie soll ich sagen ... unsichtbare Dinge ... Wenn sie dann wieder zu sich kommt, wirkt sie verstört, und es fällt ihr schwer, sich in ihrer gewohnten Umgebung zurechtzufinden ... Sie erkennt mich dann kaum wieder.»

Er legte seine Zigarre auf den Aschenbecher und starrte ins Leere. Er hatte wieder diesen hilflosen Ausdruck, den Flavières aus ihrer Studienzeit kannte.

«Wenn sie nicht krank ist, dann simuliert sie eben», sagte Flavières etwas ungehalten.

Gévigne hob seine fette Hand, als wollte er Flavières' Bemerkung im Flug abfangen.

«Daran habe ich auch gedacht. Ich habe sie beobachtet. Ich bin ihr einmal gefolgt. Sie ist in den Bois de Boulogne gegangen, hat sich auf eine Bank am See gesetzt – über zwei Stunden saß sie völlig regungslos da – und hat nur aufs Wasser geschaut.»

«Daran finde ich nichts Beunruhigendes.»

«Doch. Sie schaute aufs Wasser – wie soll ich sagen – ganz konzentriert, wie gebannt. Als ob es für sie ungeheuer wichtig wäre ... Und am Abend hat sie dann behauptet, sie sei nicht aus dem Haus gegangen. Ich habe ihr natürlich nicht gesagt, daß ich ihr gefolgt bin. Das verstehst du doch.»

Flavières war irritiert. Das war ja etwas ganz Neues! Früher war Gévigne nicht so rücksichtsvoll.

«Hör zu», sagte er, «laß uns mal logisch vorgehen. Entweder deine Frau betrügt dich oder sie ist krank oder sie simuliert. Ziemlich kompliziert das Ganze.»

Gévigne griff wieder nach seiner Zigarre, nachdem er mit dem kleinen Finger einen langen weißen Aschenkegel abgestreift hatte. Er lächelte traurig.

«Früher hatte ich auch einmal den Verdacht. Aber inzwischen bin ich sicher, daß Madeleine mich nicht betrügt. Und krank ist sie auch nicht. Professor Lavarenne hat mir versichert, daß sie normal ist. Und warum sollte sie simulieren? Wer simuliert schon, nur weil es ihm Spaß macht? Kein Mensch setzt sich zwei

Stunden auf eine Bank im Bois und starrt aufs Wasser, wenn er keinen Grund dazu hat ... Es gibt noch mehr Argumente, die dagegen sprechen.»

«Hast du mit ihr gesprochen?»

«Ja, sicher. Ich habe sie gefragt, was sie bedrückt. Daraufhin hat sie wieder ins Leere gestarrt.»

«Was hat sie dir denn geantwortet?»

«Daß ich mir keine Sorgen machen solle. Sie träume gar nicht. Sie hätte nur ganz normale Sorgen, wie jeder andere auch.»

«War es ihr peinlich?»

«Ja. Sie war sehr verlegen, fast verstört.»

«Glaubst du, daß sie dich angelogen hat?»

«Nein, nein. Ich glaube, sie hat Angst ... Ich muß dir noch was sagen; vielleicht lachst du mich aus. Erinnerst du dich noch an diesen deutschen Film, den wir damals zusammen gesehen haben? *‹Jacob Boehme›* ...?»

«Ja.»

«Dann erinnerst du dich auch an die Frau, die man in Trance überrascht hat. Sie hat versucht zu leugnen, wollte ihre Visionen nicht preisgeben ... Madeleine sieht manchmal aus wie diese Frau, genau so verstört, und ihre Augen sind genau so ruhelos ...»

«Nun mach aber einen Punkt! Du wirst doch nicht im Ernst behaupten, daß deine Frau in Trance versinkt!»

«Ich wußte, daß du so reagieren würdest. Ich habe das zuerst auch für unmöglich gehalten. Ich habe mich dagegen gewehrt. Ich konnte mich einfach nicht damit abfinden.»

«Ist sie eine gute Katholikin?»

«Wie jeder von uns ... Sie geht sonntags zur Messe ... Aus Gewohnheit.»

«Kann sie in die Zukunft sehen?»

«Nein. Ich möchte das mal so ausdrücken: Sie ist auf irgendeinen Klick hin in einer anderen Welt.»

«Gegen ihren Willen?»

«Ich glaube schon. Ich beobachte sie ja seit langem. Ich hab das oft erlebt. Sie spürt, wenn es soweit ist. Dann wird sie unruhig, muß mit jemandem reden ... Manchmal steht sie dann auf, öffnet das Fenster, als ob sie keine Luft bekommt, oder sie stellt das Radio auf volle Lautstärke ... Dann gehe ich zu ihr. Wenn ich mich mit ihr unterhalte, fängt sie sich wieder. Dann bleibt sie auf der Erde ... Ich rede sicher lauter ungereimtes Zeug; entschuldige! Aber es ist wirklich nicht einfach zu beschreiben ... Und wenn ich so tue, als hätte ich nichts bemerkt, dann entgleitet sie mir. Du kannst zusehen, wie sie langsam erstarrt, wie ihre Augen einen Punkt fixieren. Dann seufzt sie, fährt sich mit dem Handrücken über die Stirn, und in den folgenden zehn Minuten bewegt sie sich wie eine Schlafwandlerin.»

«Sind ihre Bewegungen ruckartig?»

«Nein ... Ehrlich gesagt, ich bin noch keinem Schlafwandler begegnet. Aber ich hatte nie das Gefühl, daß sie schläft. Sie wirkt nur zerstreut ... Ich weiß, das klingt alles verrückt. Aber ich kann es nicht besser beschreiben. Sie ist dann wirklich nicht sie selbst. Sie ist ... eine andere.»

Gévigne hatte Angst.

«Eine andere», wiederholte Flavières. «Was willst du damit sagen?»

«Na, es soll ja Phänomene geben, die ...» Gévigne hielt inne, legte seine zerkaute Zigarre wieder auf den Aschenbecher und preßte die Hände gegeneinander. «Laß mich die Sache zu Ende bringen», fuhr er hastig fort. «Es hat in Madeleines Familie eine seltsame Frau gegeben ... Sie hieß Pauline Lagerlac. Sie war die Urgroßmutter von Madeleine – eine direkte Verwandte also. Mit dreizehn oder vierzehn Jahren wurde sie krank ... Wie soll ich dir das bloß erklären? Sie hatte Krämpfe, und es heißt, daß man in ihrem Zimmer Geräusche gehört hat, die man sich nicht erklären konnte ...»

«Klopfen an der Wand?»

«Ja.»

«Schleifen auf dem Parkett, als ob Möbel hin und her geschoben würden?»

«Ja.»

«Hm ... So etwas soll es geben», sagte Flavières. «Man hat keine Erklärung dafür.»

«Ich bin nicht besonders beschlagen auf dem Gebiet», fuhr Gévigne fort, «aber eins steht fest: Pauline Lagerlac war immer ein bißchen wunderlich. Ursprünglich wollte sie Nonne werden, aber dann hat sie geheiratet. Und ein paar Jahre später hat sie sich das Leben genommen – keiner weiß warum.»

«Wie alt war sie?»

Gévigne tupfte sich mit dem Taschentuch die Lippen. «Fünfundzwanzig», sagte er leise. «Wie Madeleine.»

Die beiden Männer sahen sich schweigend an.

Flavières überlegte. «Weiß deine Frau davon?» fragte er.

«Nein. Meine Schwiegermutter hat mir das alles erzählt, kurz nach unserer Hochzeit. Ich hatte es total vergessen, bis Madeleine ... Wenn ich natürlich gewußt hätte ... Meine Schwiegermutter ist inzwischen tot. Und sonst weiß niemand etwas darüber.»

«Hattest du den Eindruck, daß sie dir die Geschichte aus einem bestimmten Grund erzählt hat?»

«Nein, ich glaube nicht. Sie hat das nur einmal ganz beiläufig erwähnt. Und ich weiß noch, daß sie mir verboten hat, mit Madeleine über Pauline zu sprechen. Sie war nicht gerade erbaut davon, daß sie eine Verrückte in der Familie haben. Ihre Tochter sollte nichts davon erfahren.»

«Hat diese Pauline Lagerlac sich aus einem bestimmten Grund umgebracht?»

«Nein, anscheinend nicht. Sie war glücklich verheiratet. Sie hatte einen kleinen Sohn von ein paar Monaten, und jeder glaubte, daß sie durch das Kind ihr Gleichgewicht wiederfinden würde. Und dann, völlig unerwartet ...»

«Ich sehe immer noch keinen Zusammenhang zwischen Pauline und deiner Frau.»

«Keinen Zusammenhang?» sagte Gévigne niedergeschlagen. «Gleich wirst du ihn sehen: Als Madeleines Eltern starben, hat sie auch ein paar Schmuckstücke geerbt, die von ihrer Urgroßmutter stammten. Unter anderem eine Bernsteinkette. Die hat es ihr besonders angetan ... Sie betrachtet sie oft, hält sie in den Händen ... Manchmal denke ich – wie soll ich sagen –, daß die Kette sie traurig macht ... Wir haben auch ein Porträt von Pauline Lagerlac, von ihr selbst gemalt. Sie malte nicht schlecht. Madeleine sitzt oft stundenlang vor dem Bild. Es scheint sie zu faszinieren ... Einmal kam ich dazu – es ist schon eine ganze Weile her –, wie sie das Bild auf den Tisch im Salon gestellt hatte, daneben einen Spiegel. Sie hatte die Bernsteinkette angelegt und versucht, sich so zu kämmen wie Pauline Lagerlac, mit einem Chignon im Nacken ... Danach hat sie sich immer so frisiert», sagte Gévigne gequält.

«Sieht sie Pauline ähnlich?»

«Vielleicht ... Ein bißchen.»

«Ich muß dich noch einmal fragen: Wovor hast du Angst?»

Gévigne seufzte, nahm seine Zigarre und betrachtete sie zerstreut. «Ich traue mich gar nicht, dir zu sagen, was ich denke ... Weißt du, Madeleine ist nicht mehr wie früher. Manchmal glaube ich, daß die Frau, mit der ich zusammenlebe, gar nicht Madeleine ist.»

«Nun hör schon auf!» Flavières stand auf und zwang sich zu einem Lachen. «Wer soll sie denn sonst sein? Pauline Lagerlac ...? Du phantasierst, mein Lieber! – Was willst du trinken? Porto, Cinzano, Cap Corso?»

«Einen Porto.»

Und als Flavières ins Eßzimmer ging, um die Gläser zu holen, rief Gévigne ihm nach:

«Und du, was machst du? Ich rede die ganze Zeit nur von meinen Problemen. Bist du verheiratet?»

«Nein. Mir war bisher nicht danach.»

«Ich habe zufällig gehört, daß du nicht mehr bei der Polizei bist», fuhr Gévigne fort.

Stille nebenan. Dann fragte Flavières: «Willst du, daß ich dir helfe?»

Gévigne löste sich aus seinem Sessel, ging auf die offene Tür zu. Flavières entkorkte gerade eine Flasche.

«Schön hast du's», sagte Gévigne und lehnte sich mit der

Schulter an die Türfüllung. «Entschuldige, daß ich dich mit meinen Geschichten überfalle. Ich freue mich unheimlich, dich wiederzusehen. Ich weiß, ich hätte vorher anrufen sollen, aber ich habe so viel um die Ohren ...»

Flavières richtete sich auf und betrachtete den Korken. Der Kelch war an ihm vorübergegangen. «Du hast da was von Schiffsbau erzählt», sagte er, während er die Gläser füllte.

«Ja. Wir bauen im Moment Schiffsrümpfe. Ein ziemlich großer Auftrag. Die vom Ministerium scheinen mit dem Schlimmsten zu rechnen.»

«Irgendwann muß doch dieser komische Krieg einmal zu Ende sein. Wir haben schon Mai ... Auf dein Wohl, Paul!»

«Auf deines, Roger!»

Sie tranken und sahen sich dabei in die Augen. Im Stehen war Gévigne klein und gedrungen. Er stand vor dem Fenster, und das Licht fiel voll auf sein Gesicht. Ein römisches Gesicht; fleischige Ohren, edle Stirn. Trotzdem war er kein Adonis. Ein paar Tropfen provenzalisches Blut hatten ihm dieses Profil eines Prokonsuls gegeben.

Nach dem Krieg wird dieser Kerl um ein paar Millionen schwerer sein, dachte Flavières. Aber gleich darauf schämte er sich dieses Gedankens. Was war denn mit ihm? Profitierte er nicht auch dadurch, daß er nicht eingezogen worden war? Er war dienstuntauglich. Damit mußte er sich abfinden. Er stellte sein Glas auf das Tablett zurück.

«Die Geschichte fängt an, mich zu interessieren ... Hat deine Frau Verwandte?»

«Ein paar entfernte Vettern, zu denen wir keinen Kontakt haben. Sonst so gut wie keine Verwandtschaft.»

«Wie hast du sie kennengelernt?»

«Das war ganz romantisch ...» Gévigne betrachtete sein Glas, suchte nach Worten. Immer diese Angst, sich lächerlich zu machen! Genau wie früher ... Endlich entschloß er sich zu reden. «Ich bin ihr in Rom zum erstenmal begegnet. Auf einer Geschäftsreise. Wir wohnten im selben Hotel.»

«In welchem Hotel?»

«Im *Continental.*»

«Was hat sie in Rom gemacht?»

«Sie studierte Malerei. Sie malt sehr gut, glaube ich. Du kennst ja meine Einstellung zur Malerei ...»

«Hat sie dort Unterricht gegeben?»

«Wo denkst du hin! Sie malte nur so, zum Vergnügen. Sie hatte es nie nötig, ihren Lebensunterhalt zu verdienen. Mit achtzehn hatte sie immerhin schon ihren eigenen Wagen. Ihr Vater war Großindustrieller ...»

Gévigne ging zurück in das Arbeitszimmer. Flavières fiel sein sicherer Gang auf. Früher war er unsicher und eckig gewesen. Das Vermögen seiner Frau hatte ihm die Sicherheit gegeben.

«Malt sie immer noch?»

«Sie hat es nach und nach aufgegeben. Sie hat keine Zeit mehr dazu ... Eine Frau hier in Paris hat andere Dinge im Kopf.»

«Aber die Anfälle, von denen du erzählt hast – die müssen doch eine Ursache haben! Gibt es da nicht irgendeinen Auslöser? Vielleicht ein Streit? Oder eine schlechte Nachricht? Sicher hast du dir deswegen schon Gedanken gemacht.»

«Das hab ich, das kannst du mir glauben. Aber ich habe nichts gefunden ... Den größten Teil der Woche bin ich ja in Le Havre; das darfst du nicht vergessen.»

«Haben die Anfälle erst begonnen, seitdem du so oft weg bist?»

«Nein. Als ich kürzlich an einem Vormittag aus Le Havre zurückkam – es war an einem Samstag –, war Madeleine fröhlich wie immer. Und am Abend schien sie mir zum erstenmal eigenartig. Aber ich habe dem weiter keine Bedeutung beigemessen. Ich war sehr müde an diesem Tag.»

«Und vorher?»

«Vorher ... Manchmal hatte sie schlechte Laune. Aber es war anders an diesem Samstagabend.»

«Bist du sicher, daß an diesem Tag nichts Außergewöhnliches passiert ist?»

«Ganz sicher. Ich weiß das so genau, weil wir den ganzen Tag zusammen waren. Ich bin morgens gegen zehn nach Hause gekommen. Madeleine war gerade aufgestanden. Wir haben uns unterhalten ... Frag mich nicht, worüber; ich habe es vergessen. Ich weiß nur noch, daß wir zu Hause zu Mittag gegessen haben.»

«Wo wohnst du?»

«Wie? – O ja, du hast recht; ich habe ja nie was von mir hören lassen. Ich habe ein Haus in der avenue Kléber gekauft, ganz in der Nähe vom Étoile ... Hier ist meine Karte.»

«Danke.»

«Nach dem Essen sind wir ausgegangen ... Ich erinnere mich so genau, weil ich einen Termin im Ministerium hatte. Danach sind wir spazieren gegangen, an der Oper. Und dann ... Verdammt, das ist alles. Ein Nachmittag wie jeder andere.»

«Und der Anfall?»

«Nach dem Abendessen.»

«Weißt du noch das Datum?»

«Das Datum?» Gévigne holte sich den Terminkalender von Flavières' Schreibtisch und blätterte. «Ja, jetzt erinnere ich mich. Es muß Ende Februar gewesen sein», sagte er. «Weil ich da im Ministerium war ... Ich sehe gerade, der 26. Februar war ein Samstag. Es muß der 26. gewesen sein.»

Flavières setzte sich auf die Armlehne eines Sessels neben Gévigne. «Wie bist du auf die Idee gekommen, mich zu besuchen?»

Gévigne preßte wieder die Handflächen gegeneinander. Er hatte zwar viele seiner Ticks abgelegt, aber den hatte er beibehalten. Wenn er sich nicht wohl in seiner Haut fühlte, hielt er sich an sich selbst fest.

«Du bist immer mein Freund gewesen», sagte er leise. «Und ich erinnerte mich, daß du dich damals für Psychologie und auch für Parapsychologie interessiert hast ... Wäre es dir denn lieber gewesen, ich wäre zur Polizei gegangen?»

Als er das leise spöttische Lächeln Flavières' sah, meinte er: «Eben, weil du nicht mehr bei der Polizei bist, bin ich zu dir gekommen.»

«Ja ...» Flavières strich über das weiche Leder seines Sessels. «Ja, ich bin nicht mehr bei der Polizei.» Er sah auf und suchte Gévignes Blick. «Weißt du auch warum?»

«Nein, aber ...»

«Irgendwann würdest du es doch erfahren ... Diese Dinge lassen sich nicht lange verbergen.» Er versuchte zu lächeln, seine Sicherheit wiederzugewinnen. Aber Zorn und Scham machten seine Stimme heiser. «Ich habe etwas Furchtbares erlebt ... Noch einen Schluck Porto?»

«Nein, danke.»

Flavières goß sich ein. Er behielt das Glas in der Hand. «Eine ganz dumme Geschichte. Ich war damals Inspecteur ... Jetzt kann ich es ja sagen: Ich habe diesen Beruf nie geliebt. Wenn mein Vater mich nicht gezwungen hätte ... Aber er hatte es zum Commissaire divisionnaire gebracht, und für ihn gab es nur diesen einen Beruf. Ich hätte mich weigern müssen. Keiner hat das Recht, seinem Sohn einen Beruf aufzuzwingen ...

Nun, eines Tages mußte ich einen Burschen festnehmen. Er war nicht besonders gefährlich; er flüchtete nur unglücklicherweise auf ein Dach ... Ich war mit einem sehr netten Kollegen unterwegs. Leriche hieß er.»

Flavières leerte sein Glas. Tränen brannten ihm in den Augen. Er hustete, hob resigniert die Schultern.

«Du siehst – jedesmal, wenn ich daran denke oder davon rede, verliere ich den Boden unter den Füßen ... Das Dach war sehr steil. Man hörte die Autos tief unten durch die Straße fahren. Der Mann versteckte sich hinter dem Kamin. Er hatte keine Waffe. Es blieb nichts anderes übrig: Einer von uns mußte zu ihm hin. Ich konnte nicht ...»

«Dir war schwindlig!» sagte Gévigne. «Ja, ich erinnere mich .... Du hattest das früher schon.»

«Leriche ist hinuntergeklettert ... Er ist abgestürzt.»

«Oh!» Gévigne senkte die Augen.

Flavières blieb vornübergebeugt sitzen. Er dachte an nichts mehr. Dann fuhr er leise fort: «Es ist besser, daß du es weißt.»

«Jeder kann mal die Nerven verlieren», murmelte Gévigne.

«Natürlich», sagte Flavières schroff.

Sie schwiegen.

Schließlich hob Gévigne die Arme: «Es ist furchtbar traurig, aber ... Dich trifft keine Schuld!»

Flavières öffnete das Zigarettenkästchen. «Bedien dich, alter Freund.»

Jedesmal, wenn er seine Geschichte erzählte, fühlte er dieselbe ungläubige Bestürzung. Keiner verstand ihn. Wie sollte er den Schrei Leriches begreiflich machen, diesen entsetzlichen Schrei, der nicht enden wollte, der zuerst schrill war und immer dumpfer wurde ... Vielleicht hatte Gévignes Frau einen heimlichen Kummer? Gab es eine schrecklichere Qual als eine solche Erinnerung? Vielleicht hörte sie auch einen Schrei, der sie bis in den Schlaf verfolgte? Vielleicht hatte sie auch zusehen müssen, wie ein Mensch für sie starb?

«Wirst du mir helfen?» fragte Gévigne.

«Was soll ich tun?»

«Auf sie aufpassen. Ich will wissen, was du von Madeleine hältst. Es hat mir schon sehr geholfen, daß ich mit jemandem über sie sprechen konnte ... Du tust mir doch den Gefallen, ja?»

«Wenn es dich beruhigt ...»

«Mein guter alter Roger! Du kannst dir nicht vorstellen, wie froh ich bin ... Bist du heute abend frei?»

«Nein.»

«Schade; ich wollte dich zum Essen einladen, bei mir zu Hause ... Morgen?»

«Nein. Es ist besser, wenn sie mich nicht kennenlernt. Das erleichtert mir meine Aufgabe.»

«Du hast recht», räumte Gévigne ein. «Aber du mußt sie ja irgendwann mal sehen.»

«Geh mit ihr ins Theater. Dort kann ich sie unauffälig kennenlernen.»

«Morgen gehen wir ins Marigny. Ich habe Logenplätze.»

«Ich werde hinkommen.»

Gévigne nahm Flavières' beide Hände. «Danke ... Ich wußte, daß ich auf dich zählen kann! Du läßt mich nicht im Stich. Apropos Theater ...» Er griff in die Brusttasche, zögerte aber dann. «Sei mir nicht böse, alter Freund ... Aber wir müssen noch etwas regeln. Du verstehst ... Ich finde es schon ungeheuer nett, daß du dich um Madeleine kümmern willst.»

«Schon gut», sagte Flavières, «ich habe jede Menge Zeit.»

«Ist das wahr?»

Flavières schlug ihm auf die Schulter. «Der Fall interessiert mich, nicht das Geld. Ich glaube nämlich, wir haben manches gemeinsam, sie und ich, und ... Ich sehe eine Chance, herauszufinden, was mit ihr los ist, was sie dir verheimlicht.»

«Aber ich versichere dir, sie verheimlicht mir nichts!»

«Wir werden sehen.»

Gévigne nahm Hut und Handschuhe. «Geht deine Praxis gut?»

«Aber ja», sagte Flavières, «ich kann mich nicht beklagen.»

«Wenn ich dir irgendwie nützlich sein kann ... Von Herzen gern. Bei mir läuft alles phantastisch. Besonders im Augenblick.»

Kriegsgewinnler, dachte Flavières. Der Gedanke war ihm so plötzlich gekommen, daß er sich abwandte, um Gèvignes Blick nicht zu begegnen. «Hier entlang», sagte er. «Der Aufzug funktioniert nicht.»

Sie standen im engen Treppenhaus. Gévigne kam ganz nah an Flavières heran.

«Tu, was du für nötig hältst», flüsterte er. «Und sobald du etwas herausgefunden hast, ruf mich im Büro an. Oder besser, besuche mich. Meine Firma ist in dem Gebäude neben dem *Figaro* ... Um etwas möchte ich dich aber noch bitten: Madeleine darf nie erfahren, weswegen ich hier war! Wenn sie merken würde, daß sie beschattet wird ... Nicht auszudenken, was dann passieren könnte!»

«Du kannst dich auf mich verlassen.»

«Danke.»

Gévigne stieg die Treppe hinunter. Er drehte sich noch zweimal um und winkte.

Flavières ging in seine Wohnung zurück und lehnte sich aus

dem Fenster. Er sah, wie sich eine große schwarze Limousine vom Trottoir löste und auf die Kreuzung zuglitt.

Madeleine ... Er liebte diesen Namen, der ein bißchen nach Sehnsucht klang. Warum hatte sie diesen Dicken geheiratet? Sicher betrog sie ihn. Sie spielte ihm eine Komödie vor. Es geschah Gévigne ganz recht, daß sie ihn betrog. Wegen seiner Nouveau-Riche-Allüren, seiner dicken Zigarren, seiner Schiffe, seiner Aufsichtsratspöstchen ... Und überhaupt.

Flavières konnte Menschen mit so viel Selbstsicherheit nicht ausstehen. Trotzdem hätte er wer weiß was darum gegeben, wenn er auch nur einen Bruchteil von Gévignes Selbstsicherheit besessen hätte.

Er schloß das Fenster mit einem Knall. Dann trieb es ihn in die Küche, wo er sich einredete, er müsse etwas essen ... Aber was? Er inspizierte die Konserven, die er in einem Schrank aufbewahrte. Auch er hatte Vorräte eingekauft, obwohl er es für idiotisch hielt, da der Krieg aller Wahrscheinlichkeit nach doch nicht mehr lange dauern würde.

Als er die vielen Lebensmittel sah, wurde ihm plötzlich übel. Er holte sich ein paar Biskuits und eine angebrochene Flasche Weißwein. Eigentlich wollte er sich in die Küche setzen, aber dann fand er es dort doch zu ungemütlich, und er ging wieder in sein Arbeitszimmer, einen Keks knabbernd. Auf dem Weg dorthin schaltete er das Radio ein. Er wußte im voraus, was kommen würde: *Spähtrupptätigkeit ... Artilleriebeschuß auf beiden Seiten des Rheins* ... Aber die Stimme des Sprechers brachte ein bißchen Leben in seine vier Wände. Er setzte sich und trank einen Schluck Wein.

Bei der Polizei hatte er keinen Erfolg gehabt. Er taugte nicht für diesen Beruf ... Wozu taugte er überhaupt? Er zog eine Schublade heraus, entschloß sich für einen grünen Aktenordner und schrieb in die rechte obere Ecke: *Dossier Gévigne.* Dann legte er ein paar weiße Bögen hinein.

Lange saß er in seinem Schreibtischsessel, ohne sich zu rühren, und starrte ins Leere.

2

Warum stelle ich mich nur so an? dachte Flavières wütend. Er spielte mit dem Opernglas und gab sich alle Mühe, unbeteiligt auszusehen. Er brachte es einfach nicht fertig, Madeleine durch das Glas zu betrachten.

Er saß zwischen lauter Uniformen. Die Damen in Begleitung der Offiziere hatten alle denselben Ausdruck von hochmütiger Selbstzufriedenheit. Flavières haßte sie. Er haßte die Armee, den Krieg und dieses viel zu luxuriöse Theater mit seinen martialischen und frivolen Geräuschen.

Als er den Kopf wandte, sah er Gévigne, die Hände auf der Brüstung der Loge. Madeleine, leicht zurückgelehnt, hatte den Kopf graziös zur Seite geneigt. Sie war brünett, schlank; ihr Gesicht konnte er nicht erkennen. Sicher war sie hübsch, nur ein bißchen zu mager. Vielleicht war auch der schwere Haarknoten im Nacken daran schuld.

Wie konnte nur diese elegante Frau den dicken Gévigne lieben? Wie konnte sie seine Zärtlichkeiten ertragen?

Der Vorhang war aufgegangen. Das Stück interessierte Flavières nicht. Er schloß die Augen und dachte an die Zeit, als er mit Gévigne in einem Zimmer gewohnt hatte, um Geld zu sparen. Sie waren beide schüchtern, und die Kommilitonen machten sich lustig über sie, was sie selbst absichtlich noch provozierten. Es gab Burschen, die ungeheuren Erfolg bei Frauen hatten. Besonders einer. Er hieß Marco und war weder schön noch intelligent. Als Flavières ihn eines Tages nach seinem Erfolgsrezept gefragt hatte, hatte Marco ihm grinsend geantwortet: ‹Du mußt mit ihnen reden, als ob du schon mit ihnen geschlafen hättest ... Das ist das ganze Geheimnis!›

Flavières hatte nie gewagt, Marcos Rat zu befolgen. Er konnte einfach nicht unverschämt oder herausfordernd sein. Er konnte ein Mädchen nicht einfach duzen. Als er ein junger Inspecteur war, hatten sich die Kollegen über ihn lustig gemacht. Sie hielten ihn für verschlossen und hatten ein bißchen Angst vor ihm ... Warum hatte Gévigne den Mut gehabt und er nicht?

Für Flavières hatte es bisher keine Frau gegeben. Vielleicht hätte er es bei Madeleine auch gewagt. Er nannte sie Madeleine, als ob sie seine Verbündete wäre und Gévigne ihr gemeinsamer Gegner.

Er versuchte, sich den Speisesaal vom *Continental* vorzustellen. Er sah sich zum erstenmal mit Madeleine an einem Tisch sitzen, dem Maître d'hôtel winken, den Wein aussuchen ... Unvorstellbar! Der Maître hätte ihn von oben herab angesehen. Und dann, dann hätten sie Spießruten laufen müssen durch den riesigen Speisesaal. Und später in ihrem Zimmer zog sich Madeleine aus ... Schließlich war sie ja seine Frau!

Flavières schlug die Augen auf. Am liebsten wäre er aus dem Theater gerannt, aber er war eingekeilt, und er hatte nicht den Mut, andere Besucher zu stören. Gelächter um ihn herum, dann kurzer Beifall, der zu einem Brausen anwuchs, das eine Minute andauerte und dann erstarb. Die Schauspieler mußten von Liebe gesprochen haben. Wie konnte man nur Schauspieler sein! Flavières schüttelte sich vor Abscheu. Aus den Augenwinkeln suchte er Madeleine. Im goldenen Dämmerlicht wirkte sie wie ein Gemälde. Ihr Kollier und die Ohrringe funkelten. Auch ihre Augen schienen zu leuchten. Sie saß da, den Kopf nach vorn geneigt, unbeweglich wie die viel bewunderten Schönen in den Museen, die Mona Lisa oder Die schöne Ferronière. Die Flut ihrer Haare hatte sie geschickt zu einem üppigen Knoten zusammengenommen; ab und zu leuchteten sie mahagonifarben auf. Das war also Madame Gévigne ...

Flavières hob das Opernglas, um sie zu betrachten, aber sein Nachbar zeigte sich deswegen äußerst ungehalten. Flavières senkte den Kopf, ließ das Glas langsam in die Tasche gleiten. In der Pause würde er gehen. Er war sicher, daß er Madeleine in einer Menschenmenge erkennen würde.

Er fühlte sich nicht wohl bei dem Gedanken, daß er ihr in Zukunft nachspionieren sollte. Gévigne hatte ihm da was Schönes eingebrockt! Wenn Madeleine erfuhr, daß er ... Sie hatte recht, wenn sie einen Liebhaber hatte. Aber er wußte, daß es ihm sehr weh tun würde, wenn das tatsächlich der Fall war.

Wieder Beifall im Saal und zustimmendes Gemurmel. Ein kurzer Blick zur Loge hinauf. Madeleine saß noch genauso da wie vorher. Ihre Brillantohrringe funkelten. Er sah das Weiße in ihren Augen, ihre schmale Hand auf dem dunklen Samt. Die Loge wirkte wie ein mattgoldener Rahmen. Es fehlte nur noch die Signatur auf dem Bild. Er stellte sich vor, daß das Bild mit kleinen roten Buchstaben signiert war: R. F. – Roger Flavières ... Unsinn! Alles, was Gévigne gesagt hatte, war Unsinn! Er würde selbst herausfinden, was los war mit Madeleine.

Eigentlich hätte er Schriftsteller werden sollen – bei seiner Phantasie! Bei all diesen Bildern, die vor seinem inneren Auge auftauchten und die von einer unglaublichen Intensität waren. Das Dach zum Beispiel ...

Die abschüssige Fläche, regennaß schimmernd, das verwaschene Rot der Kamine, der Rauch, der horizontal in eine Richtung wehte, und der Verkehrslärm von der Straße, wie das Echo eines Wildbachs aus einer tiefen Felsenschlucht. Er preßte die Handflächen gegeneinander – wie Gévigne ... Damals hatte er sich entschlossen, Anwalt zu werden, weil er herausfinden wollte, warum die Menschen nicht imstande waren, wirklich zu leben. Sogar Gévigne gelang das nicht, trotz seiner Fabriken, seiner vielen Beziehungen, seines Geldes. Leute wie Marco waren nicht ehrlich, wenn sie behaupteten, es gebe keine Schwierigkeiten für sie. Vielleicht war Marco inzwischen auch soweit, daß er einen Menschen suchte, dem er sich anvertrauen konnte ...

Auf der Bühne küßte ein Mann eine Frau. Alles Schwindel! Auch Gévigne küßte Madeleine, obwohl sie ihm fremd war. In Wirklichkeit ging es den anderen genauso wie Flavières. Sie taumelten auf einen Abgrund zu. Sie lachten, sie liebten, aber sie hatten Angst. Was wären die Menschen doch ohne Priester, Ärzte und Juristen!

Der Vorhang fiel, hob sich wieder. Der riesige Kronleuchter verbreitete ein hartes Licht, das die Gesichter grau erscheinen ließ. Die Zuschauer standen auf, klatschten Beifall. Madeleine fächelte sich langsam mit dem Programm Luft zu, während ihr

Mann ihr etwas ins Ohr sagte. Es war höchste Zeit für ihn zu gehen! Mit dem Zuschauerstrom gelangte er durch die Gänge in das Foyer. Vor der Garderobe kam der Strom ins Stocken. Als Flavières sich aus der Menge gelöst hatte, stieß er fast mit Gévigne und dessen Frau zusammen. Er war Madeleine ganz nah, nur ein paar Zentimeter von ihr getrennt, und trotzdem hatte er sie erst erkannt, als er schon an ihr vorüber war. Er wollte sich umdrehen, wurde aber von ein paar jungen Offizieren, die zur Bar drängten, vorwärts geschoben. Schade! Er ging die Treppe hinunter. Er mußte jetzt allein sein.

Er liebte diese Kriegsnächte, die verlassenen dunklen Boulevards, durch die ein sanfter Wind fuhr, der nach gemähtem Rasen und Magnolien duftete. Er sah Madeleine vor sich, ihr Gesicht, die dunklen Haare mit dem Mahagonischimmer. Ihre tiefblauen Augen ließen ihn nicht los. Sie waren von einem so unwirklichen Blau, daß sie leblos wirkten. In diesen Augen würde sich nie Leidenschaft widerspiegeln. Durch die hohen Backenknochen wirkte ihr Gesicht hohlwangig, was sie zerbrechlich erscheinen ließ. Der Mund war schmal, kaum geschminkt. Ein träumendes Mädchen. Madeleine ... Ja, der Name paßte zu ihr. Aber Gévigne! Warum hatte sie nicht einen besonderen, einen wohlklingenderen Namen? Verdammt noch mal, sie mußte doch unglücklich sein mit diesem Kerl! Der hatte ihm da vielleicht einen Roman aufgetischt! Der ahnte ja nicht, daß er seiner Frau auf die Nerven ging und daß sie vor Langeweile umkam. Sie war zu kostbar, viel zu sensibel für ihn. Sie konnte sich einfach nicht wohlfühlen bei diesem Neureichen. Die Freude am Malen war ihr schon vergangen ... Er würde sie nicht beschatten, er würde sie beschützen. Vielleicht konnte er ihr helfen.

Meine Phantasie geht wieder mal mit mir durch, dachte Flavières; wenn ich so weitermache, verliebe ich mich noch in sie ... Sie braucht Hilfe – sonst nichts!

Er ging schneller, unzufrieden mit sich selbst und beschämt. Als er wieder zu Hause war, war er fest entschlossen, Gévigne anzurufen und ihm zu sagen, daß ihm etwas dazwischengekommen sei; er könne die Sache nicht übernehmen, weil er verreisen müsse ... Warum sollte er seinen Seelenfrieden einem Mann opfern, der sich jahrelang nicht um ihn gekümmert hatte? Schließlich hätte sich Gévigne ja schon früher einmal melden können. Zum Teufel mit ihm!

Er kochte sich einen Kamillentee. Was würde sie wohl von mir halten, dachte er, wenn sie mich so sehen könnte? Eingefleischter Jungegeselle, festgefahren in seinen Gewohnheiten und schrullig durch die Einsamkeit ... Er schlief schlecht.

Als er aufwachte, fiel ihm ein, daß er Madeleine beschatten sollte, und er schämte sich ein bißchen, daß er sich darauf freute. Aber die Freude war einfach da, bescheiden, eigensinnig, wie ein zugelaufener Hund, den man nicht wegjagen möchte. Er stellte das Radio an. Wieder Artilleriebeschuß und Spähtrupptätigkeit. Auch gut. Das hinderte ihn nicht daran, glücklich zu sein. Pfeifend brachte er ein paar Briefe zur Post und aß in einem seiner Lieblingsrestaurants zu Mittag. Es machte ihm nichts mehr aus, daß er Zivil trug, daß ihn argwöhnische, ja feindselige Blicke trafen. Es war nicht seine Schuld, daß sie ihn ausgemustert hatten.

Er konnte es nicht erwarten, in die avenue Kléber zu kommen. Das Wetter war schön im Gegensatz zur vergangenen Woche. Wenige Menschen auf der Straße. Flavières entdeckte sofort den großen schwarzen Wagen, einen Talbot, vor einem herrschaftlichen Gebäude. Er schlenderte daran vorbei. Hier war es also. Hier wohnte Madeleine. Er holte eine Zeitung aus der Tasche und ging langsam an den sonnenwarmen Fassaden entlang weiter. Von Zeit zu Zeit überflog er einen Artikel ... Ein Aufklärungsflugzeug über dem Elsaß abgeschossen ... Verstärkung für Narvik ... Was kümmerte es ihn. Er hatte Ferien. Er hatte ein Rendezvous mit Madeleine. Diese Stunde gehörte ihm, ganz allein ihm. Er kehrte um und steuerte auf ein kleines Café zu, vor dem drei Tische unter Bäumen aufgestellt waren.

«Einen Kaffee.»

Von seinem Platz aus konnte er das Gebäude beobachten. Das Haus hatte hohe Fenster mit Jugendstilornamenten. Ein Balkon mit vielen Blumentöpfen. Im Dachgeschoß Mansarden und darüber ein blauer Himmel mit zartrosa Streifen. Flavières' Augen wanderten wieder nach unten zur Straße. Der Talbot startete in Richtung place de l'Étoile. Gévigne! Madeleine mußte also jeden Moment erscheinen.

Er schüttete den kochendheißen Kaffee hinunter. Er mußte über sich selbst lächeln. Warum sollte sie denn ausgerechnet heute ausgehen? Sie würde kommen. Er wußte es. Weil die Sonne schien, weil ein leiser Wind durch die Bäume strich, weil die Luft voller Blütenduft war ... Sie würde kommen, weil er auf sie wartete.

Und plötzlich stand sie auf dem Bürgersteig. Flavières ließ seine Zeitung im Stich und überquerte die Straße. Madeleine trug ein graues Kostüm, sehr eng in der Taille. Ihre schwarze Handtasche hatte sie unter den Arm geklemmt. Sie drehte sich noch einmal um, während sie Handschuhe anzog. Sie hatte ein Spitzentuch um den Hals gebunden, das bei jedem Schritt unter ihrem Kinn wippte. Ein kurzer Schleier bedeckte graziös Stirn und Augen. Flavières wußte, daß er sich in sie verliebt hatte.

Wie gern hätte er sie gemalt, diese zarte Silhouette im hellen Sonnenlicht vor dem mattrosa Hintergrund eines Rokokoschlößchens. Er hatte auch einmal gemalt, früher. Ohne großen Erfolg. Er hatte auch einmal Klavier gespielt – gut genug, um die Virtuosen zu beneiden ... Er haßte alles Mittelmäßige. Aber was sollte das jetzt! Madeleine ging vor ihm her in der Sonne ...

Sie lief die Straße hoch bis zum Trocadéro, dann zur Esplanade. Die Steine waren so weiß, daß er die Augen zukneifen mußte. Nie zuvor war ihm Paris so schön erschienen. Der Eiffelturm ragte mit seinen rostigen Armen in den blauen Himmel wie ein Totempfahl. Ringsumher Rasenflächen. Wie Kaskaden fielen die Blumenrabatten zur Seine hin ab, unterbrochen von elegant geschwungenen Treppen. Ein Schleppkahn stieß einen heiseren Ruf aus, der sich unter den Brücken verlor. Man hatte das Gefühl, zwischen Krieg und Frieden zu schweben. Flavières fühlte sich losgelöst von allem und gleichzeitig bedrückt. Ging es Madeleine genauso? Sie kam ihm müde und resigniert vor. Sie schien nicht so recht zu wissen, wohin sie gehen sollte. Vor dem

Eingang zu einem Museum blieb sie stehen, ging aber dann doch weiter, wie von einer unsichtbaren Hand geführt. Sie überquerte die Straße und ließ sich von dem Passantenstrom in der avenue Henri-Martin treiben. Schließlich entschloß sie sich, auf den Friedhof Passy zu gehen.

Ganz langsam schlenderte sie die Wege zwischen den Gräbern entlang. Flavières dachte, sie wandere ziellos umher. Aber plötzlich war sie von der Hauptallee abgebogen, hatte die feierlichen Reihen der Grabmale aus Marmor und Bronze hinter sich gelassen und einen abgelegenen Teil des Friedhofs erreicht. Geistesabwesend betrachtete sie die Inschriften auf den Steinen, die vom Rost zerfressenen Grabgitter, die wenigen Blumen auf vereinzelten Gräbern. Spatzen tummelten sich zu ihren Füßen. Die Geräusche der Stadt waren weit weg. Man hatte das Gefühl, in einem fernen Land zu sein, am Rand des Lebens. Als ob man sich plötzlich verwandelt hätte. Kein Mensch weit und breit. Nur die Kreuze waren Wirklichkeit. Die Grabinschriften beflügelten die Phantasie, erzählten von vergangenem Leben.

Langsam ging Madeleine durch diese zu Stein gewordene Versammlung; ihr Schatten wurde ab und zu verschluckt von dem eines Grabmals und fiel dann wieder, in Streifen zerlegt, auf die Stufen kleiner Kapellen, in denen halb verfallene Engel wachten. Manchmal blieb sie stehen, um einen Namen zu entziffern. *Mercier ... Alphonse Mercadier. Er war ein guter Vater und Ehemann.* Es gab Steine, die halb in der Erde versunken waren, wie gestrandete Schiffe. Eidechsen sonnten sich darauf mit pulsierender Kehle.

Madeleine schien es in diesem verlassenen, stillen Winkel zu gefallen. Sie schlug einen Weg ein, der sie langsam wieder zum Zentrum des Friedhofs zurückbrachte. Einmal bückte sie sich und hob eine rote Tulpe auf, die jemand aus einem Strauß verloren haben mußte. Dann ging sie langsam auf ein Grab zu, vor dem sie stehenblieb.

Flavières beobachtete sie aus seinem sicheren Versteck hinter einer Grabkapelle. Sie wirkte weder aufgeregt noch verwirrt. Im Gegenteil, sie schien ruhig, gelassen, ja glücklich. An was sie wohl dachte? Ihre Arme hingen herab. In der Hand hielt sie immer noch die Tulpe. Wieder glich sie einem dieser Frauenporträts berühmter Meister. In sich gekehrt stand sie da. Flavières mußte an Gévignes Worte denken. War das der Anfang eines Anfalls? Nein, das würde er erkennen. Wahrscheinlich zerbrach er sich ganz unnötig den Kopf. Madeleine betete für irgendeinen Toten, vielleicht für einen Verwandten ... Aber das Grab, vor dem sie stand, war ein altes, ein vergessenes Grab.

Flavières sah auf seine Armbanduhr. Madeleine hatte zwölf Minuten so dagestanden. Jetzt kam wieder Leben in sie. Sie ging zur Hauptallee zurück, betrachtete im Vorübergehen die Skulpturen, wie Experten das tun. Als Flavières zu dem Grab kam, vor dem Madeleine so lange gestanden hatte, las er die Inschrift:

PAULINE LAGERLAC
1840–1865

Er hatte es halb geahnt, aber es versetzte ihm trotzdem einen Stich. Er durfte Madeleine nicht aus den Augen verlieren. Gévigne hatte recht; Madeleines Verhalten war ungewöhnlich, rätselhaft. Er sah sie wieder vor sich, wie sie vor dem Grab stand. Sie hatte nicht andächtig die Hände gefaltet oder den Kopf gesenkt. Sie hatte so dagestanden, wie man vielleicht vor seinem Geburtshaus steht, mit dem einen viele Erinnerungen verbinden ...

Er verscheuchte diesen absurden Gedanken. Plötzlich hatte er Angst, und er beeilte sich, Madeleine einzuholen. Sie hatte die Tulpe immer noch in der Hand. Jetzt ging sie die Treppen zur Seine hinunter. Sie wirkte müde.

Sie hatte die Quais erreicht. Während sie so dahinschlenderte, sah sie ununterbrochen auf das Wasser, auf dem Lichtpunkte tanzten. Männer gingen vorüber, den Hut in der Hand, und wischten sich die Stirn. Es war heiß. Das Wasser der Seine war tiefblau. Clochards schliefen auf der Böschung, und die ersten Schwalben segelten um die Brücken. Madeleine wirkte in ihrem strengen grauen Kostüm, mit ihren hohen Absätzen wie eine Fremde auf diesem Frühlingsfest. Wie jemand, der auf seinen Zug wartet.

Auf einer Seinebrücke machte sie halt. Sie stützte sich mit den Ellenbogen auf das Geländer. Die Tulpe schmiegte sich an ihre Wange. Wartete sie auf jemand? Oder ruhte sie sich aus? Vielleicht war sie auch nur stehengeblieben, um sich das glitzernde Spiel des Lichts auf dem Wasser anzusehen ... Sie beugte sich etwas vor. Sie mußte ihr Spiegelbild im Wasser sehen, tief unten, mit dem weiten Himmel über sich und der geschwungenen Linie der Brücke darüber.

Flavières kam etwas näher. Er hätte nicht sagen können warum. Madeleine rührte sich nicht. Sie hatte die Blume losgelassen; als kleiner roter Fleck entfernte sie sich schnell, drehte sich um sich selbst und wurde von den Wellen davongetragen. Eine Zeitlang schwamm sie neben einem Lastkahn und trieb dann zur Mitte hin. Die Blume eilte immer schneller davon, bis sie in dem breiten Strom verschwand.

Madeleine stand da mit herabhängenden Armen und starrte immer noch auf die glitzernde Wasserfläche. Flavières meinte zu sehen, daß sie lächelte. Plötzlich richtete sie sich auf und ging über die Brücke. Sie machte sich auf den Heimweg, nun wieder beschwingt und genauso gleichgültig für alles, was um sie her geschah. Um halb fünf betrat sie das Haus.

Flavières fühlte sich allein gelassen und mutlos. Wie würde sie ihren Abend verbringen? Dieses Nachspionieren behagte ihm gar nicht. Seine Einsamkeit schien ihm unerträglicher als vorher. Er ging wieder in das kleine Café und rief Gévigne an.

«Hallo ... Bist du es, Paul? Hier Roger ... Hast du einen Augenblick Zeit für mich? ... Nein, es ist nichts passiert. Ich muß dir nur ein paar Fragen stellen ... Gut, ich komme.»

Gévigne hatte – wie das eben ein Gentleman tut – von seinem Büro als ‹bescheiden› gesprochen. Es nahm in dem Riesengebäude eine ganze Etage ein.

«Wenn Sie bitte warten wollen, Monsieur ... Der Herr Direktor ist gerade in einer Besprechung.»

Die Sekretärin führte Flavières in einen Salon mit einer pompösen Sitzgruppe. Will er mich hinhalten? fragte sich Flavières. Aber da sah er auch schon Gévigne, der seine Besucher hinausbegleitete.

«Ich bin froh, daß du gekommen bist», sagte Gévigne. «Entschuldige, aber heute geht's ein bißchen hektisch zu.»

Das Büro war sehr groß, hell, und die Einrichtung war amerikanisch. Tisch und Aktenschränke aus Metall, Stahlrohrsessel. Die Aschenbecher hatten verchromte Füße. An der Wand eine riesige Europakarte, auf der der Frontverlauf mit einem roten Faden abgesteckt war.

«Nun? Hast du sie gesehen?»

Flavières setzte sich und zündete sich eine Zigarette an. «Ja.»

«Was hat sie gemacht?»

«Sie war auf dem Friedhof Passy.»

«Was! An dem Grab von ...»

«Ja.»

«Siehst du? Hab ich's nicht gesagt?»

Auf dem Schreibtisch neben dem Telefon stand ein Foto von Madeleine. Flavières betrachtete es fasziniert. «Auf dem Grabstein ist nur eine Inschrift», fuhr er fort. «Aber sicher sind die Verwandten deiner Frau auch dort beerdigt.»

«Nein, nein. In den Ardennen. Und die Grabstätte meiner Familie ist in Saint-Ouen. Nur Pauline Lagerlac liegt auf dem Passy ... Das ist ja schrecklich! Erzähl mir, wie es war ...»

«Das glaube ich auch. Sie hat niemand gefragt, wo das Grab ist. Sie hat es gewußt.»

«Das ist doch ... Aber ich hab dir ja gesagt – diese Pauline hat es ihr angetan!» Gévigne trat hinter seinen Schreibtisch, die Hände in den Taschen. Sein Hals quoll über den Kragen. Das Telefon klingelte. Er nahm hastig ab und sagte leise, während er die Sprechmuschel zuhielt: «Sie glaubt, sie ist Pauline ... Das ist doch zum Verrücktwerden!»

Eine quäkende Stimme drang aus dem Hörer. Gévigne hob ihn ans Ohr und ging zum Geschäftston über. «Hallo? Ja, ich höre ... Ah, Sie sind's ...»

Flavières betrachtete wieder das Foto von Madeleine. Das Gesicht einer Statue. Und die Augen! Kein Leben war darin.

Gévigne gab barsch seine Anordnungen. Wütend knallte er den Hörer auf die Gabel. Flavières bereute, daß er gekommen war. Er hatte plötzlich das Gefühl, daß Madeleines Geheimnis ein Teil ihres Wesens war. Auch Gévigne ahnte das. Ein beunruhigender Gedanke: Madeleine ... Pauline ...

«Ach, das ist alles zum Kotzen!» schimpfte Gévigne. «Ein einziges Durcheinander; man möchte den ganzen Krempel hinschmeißen ...»

«Ist Lagerlac der Mädchenname deiner Frau?» fragte Flavières.

«Nein, Givors ... Madeleine Givors. Vor drei Jahren sind ihre Eltern gestorben. Ihr Vater besaß eine Papierfabrik in der Nähe von Mézières. Ging glänzend. Vom Großvater gegründet. Er stammte aus der Gegend.»

«Aber ... hat Pauline Lagerlac nicht in Paris gewohnt?»

«Warte mal ...» Gévigne trommelte mit seinen Wurstfingern auf die Schreibtischplatte. «So genau weiß ich das auch nicht ... Ja, meine Schwiegermama hat mir mal das Haus von Großmutter Pauline gezeigt. Ein altes Haus in der rue des Saints-Pères, wenn ich mich recht erinnere. Ich glaube, im Erdgeschoß war eine Boutique, ein Antiquitätengeschäft ... Wie denkst du über Madeleine? Du hast sie ja jetzt gesehen.»

Flavières hob die Schultern. «Ich kann jetzt noch nichts sagen.»

«Aber du glaubst doch auch, daß da etwas nicht stimmt.»

«Ich denke, ja ... Weißt du, ob sie wirklich aufgehört hat zu malen?»

«Ja, sicher. Sie hat aus dem Atelier, das ich ihr eingerichtet habe, einen Salon gemacht.»

«Warum hat sie es aufgegeben?»

«Na ja ... Sie ist ziemlich unbeständig. Außerdem, wir verändern uns doch alle.»

Flavières stand auf und gab Gévigne die Hand. «Ich will dich nicht länger von der Arbeit abhalten. Ich sehe, du hast viel zu tun.»

«Halb so wild», meinte Gévigne. «Das ist alles nicht wichtig; mir geht's jetzt um Madeleine: Sag mal ganz ehrlich: Hältst du sie für verrückt?»

«Nein, verrückt ist sie bestimmt nicht.» Flavières schüttelte den Kopf. «Liest sie viel? Hat sie irgendein Hobby?»

«Nein, nein. Sie liest ab und zu ein Buch – so einen Bestseller, Illustrierte ... Ich weiß nichts von einem Hobby.»

«Ich werde mich weiter um sie kümmern», sagte Flavières.

«Du siehst nicht gerade begeistert aus.»

«Ich bin überzeugt, daß wir nur unsere Zeit vergeuden.» Er konnte Gévigne ja nicht sagen, daß er fest entschlossen war, Madeleine wochen-, ja monatelang nicht aus den Augen zu lassen, daß er nicht eher seine Ruhe finden würde, bevor er nicht hinter das Geheimnis gekommen war.

«Aber ich bitte dich», sagte Gévigne. «Du siehst doch, was hier los ist. Die Firma, Dienstreisen, Le Havre ... Keine freie Minute! Bitte, kümmere dich um sie ... Du würdest mir einen sehr großen Gefallen tun.» Er begleitete Flavières zum Aufzug. «Ruf mich an, wenn es etwas Neues gibt.»

«Abgemacht.»

Als Flavières das Gebäude verließ, war es sechs Uhr. Auf den Bürgersteigen drängten sich die Menschen. Er kaufte eine Abendzeitung. Zwei Flugzeuge waren an der luxemburgischen Grenze abgeschossen worden. Der Leitartikel prophezeite, daß die Deutschen den Krieg so gut wie verloren hätten. Sie waren in ihrem ‹Westwall› festgenagelt. Im Generalstab hatten sie das alles vorausgesehen. Die furchtbare Niederlage des Feindes würde nicht mehr lange auf sich warten lassen.

Flavières gähnte, stopfte die Zeitung in die Tasche. Dieser Krieg ging ihn nichts mehr an. Nur Madeleine existierte noch für ihn. Er setzte sich auf die Terrasse eines kleinen Cafés, bestellte einen Whisky-Soda. Madeleine, die träumend an Paulines Grab stand ... Was hatte sie dorthin gezogen? Nostalgie? Nein, bestimmt nicht. Aber wer weiß schon, was die Menschen zu ihren Gräbern zieht?

Flavières ging nach Hause. Er hatte Kopfschmerzen. Ja, richtig – das Lexikon, Buchstabe L ... Kein Eintrag. Er hatte geahnt, daß er den Namen *Lagerlac* nicht finden würde, aber er hätte nicht schlafen können, wenn er sich nicht vergewissert hätte. Er würde in Zukunft noch mehr absurde Dinge tun. Jedesmal, wenn er an Madeleine dachte, war es um seine Gelassenheit geschehen.

Die Dame mit der Tulpe ... Er versuchte, Madeleine zu malen, wie sie sich über das Geländer beugte. Dann verbrannte er die Skizze und nahm zwei Schmerztabletten.

3

Madeleine ging am Abgeordnetenhaus vorbei, vor dem ein Posten mit aufgepflanztem Seitengewehr stand.

Wie gestern hatte sie das Haus unmittelbar nach Gévignes Abfahrt verlassen. Diesmal ging sie schnell, und Flavières folgte ihr in geringem Abstand. Er hatte Angst, es könnte ihr etwas zustoßen, denn sie überquerte die Straße, ohne auf den Verkehr zu achten. Wohin lief sie so schnell? Sie hatte das graue Kostüm gegen ein braunes Ensemble vertauscht. Nicht besonders elegant. Dazu eine Baskenmütze. Die flachen Schuhe veränderten ihren Gang. Sie wirkte noch jünger, knabenhafter. Die Handtasche hatte sie wieder unter den Arm geklemmt. Sie bog in den boulevard Saint-Germain ein und suchte den Schatten der hohen Fassaden. Wollte sie in den Jardin du Luxembourg?

Oder ... zu einer spiritistischen Séance? Bei diesem Gedanken wurde sein Schritt schneller. Um kein Risiko einzugehen, blieb er dicht hinter ihr. Er roch ihr Parfum, das ihn an verwelkte Blumen, an feuchte Erde erinnerte ... Wo war ihm dieser Duft schon einmal begegnet? Gestern, auf den menschenleeren Wegen des Friedhofs ... Er liebte diesen Geruch. Er erinnerte ihn an das Haus seiner Großmutter in der Nähe von Saumur.

Viele Menschen hatten in dieser Gegend in Felsenwohnungen gelebt. Der Eingang war nur über eine Leiter zu erreichen, wie bei Robinson. Jede Behausung hatte ein Ofenrohr, das aus der

Felswand herausragte; oberhalb dieser Rohre war der weiße Stein schwarz gefärbt. In den Ferien hatte er sich oft dort herumgetrieben und hatte scheu in diese seltsamen Wohnungen geblickt ... Wohnungen? Häuser? Oder Höhlen? Genau zu definieren war das nicht. Eines Tages hatte er sich genauer in einer Wohnung umgesehen, die von ihrem Eigentümer aufgegeben worden war. Nur spärliches Licht drang herein. Die Wände waren kalt und rauh wie in einer Höhle, und die Stille war schrecklich. Nachts hätte man wahrscheinlich das Graben eines Maulwurfs hören können, und vielleicht fielen von Zeit zu Zeit sich ringelnde Würmer von der Decke herab ... Durch eine klapprige Tür gelangte man nach hinten in ein Untergeschoß, in dem die Luft moderig war. Von hier führte ein Labyrinth von Gängen und Galerien in das Innere des Berges. Spätestens dort hatte ihn immer die Angst gepackt und ihm die Kehle zugeschnürt. Pilze wuchsen da, und es roch nach Erde ... Nach Madeleines Parfum. Und hier, mitten auf dem sonnigen Boulevard, wo die frischbelaubten Bäume ihre schattenspendenden Arme ausbreiteten, mußte Flavières an die Felsenwohnungen denken. Madeleine war so wirklich wie ein verlorener Traum, dem man wiederbegegnet ist und der einen durch seinen geheimnisvollen Zauber nicht mehr losläßt ... Sie lief vor ihm her, zart, zerbrechlich, eine dunkle Silhouette, die Gefangene ihrer Schatten ... Sie bog in die rue des Saints-Pères ein. Flavières spürte eine Art von grimmiger Genugtuung. Vorläufig bedeutete das noch gar nichts ...

Da war das Haus, von dem Gévigne gesprochen hatte. Es mußte das Haus sein. Im Parterre war ein Antiquitätengeschäft. Madeleine ging hinein.

In einem Punkt hatte Gévigne sich geirrt: Das Haus war inzwischen ein Hotel. *Family-Hôtel.* Etwa zwanzig Zimmer. Es war eines dieser verstaubt-gemütlichen Häuser, in denen schrullige Provinzler, Professoren und Richter wohnten. An der Tür hing ein Schild: *Complet.* Flavières ging hinein.

Eine alte Frau saß an der Rezeption und strickte im Schein einer Bürolampe. Sie sah ihn über ihre Brille fragend an.

«Ich komme nicht wegen eines Zimmers», sagte Flavières leise. «Ich möchte eine Auskunft ... Können Sie mir sagen, wie die Dame heißt, die vor mir hereingekommen ist?»

«Wer sind Sie?»

Flavières schob seine alte Polizeimarke unter die Lampe. Er hatte sie aufgehoben, wie er alles aufhob – alte Pfeifen, defekte Füllfederhalter, Rechnungen; seine Brieftasche quoll über von vergilbten Blättern, von Postquittungen und Auftragszetteln. Endlich einmal hatte sich sein Tick gelohnt.

Die Alte betrachtete ihn immer noch skeptisch. «Madame Gévigne», sagte sie endlich.

«Ist sie zum erstenmal hier?»

«O nein! Sie kommt oft.»

«Hat sie manchmal Besuch?»

«Sie ist eine Dame!» Sie senkte die Augen auf ihre Handarbeit und lächelte listig.

«Antworten Sie!» drängte Flavières. «Hat sie manchmal Besuch? Vielleicht ein Freund?»

«Nein; es ist nie jemand bei ihr gewesen.»

«Was tut sie hier?»

«Ich weiß es nicht. Ich überwache meine Pensionsgäste nicht.»

«Welches Zimmer hat sie?»

«Nummer 19. In der dritten Etage.»

«Ein hübsches Zimmer?»

«Das Zimmer ist nett. Wir haben zwar bessere, aber sie ist damit zufrieden. Ich hatte ihr Nummer 12 angeboten. Aber für sie kam nur 19 in Frage. Sie wollte partout das Zimmer im dritten Stock, das auf den Hof geht.»

«Warum?»

«Sie hat es mir nicht gesagt. Vielleicht wegen der Sonne.»

«Wenn ich Sie richtig verstanden habe, hat sie es fest gemietet?»

«Ja, in diesem Monat. Für vier Wochen.»

«Wann?»

Die Alte hörte auf zu stricken und sah in ihrem Kalender nach.

«Mein Gott!» sagte sie. «Das ist ja schon länger als drei Wochen her. Seit Anfang April.»

«Bleibt sie gewöhnlich lange oben?»

«Ganz verschieden. Manchmal eine Stunde, manchmal weniger.»

«Hat sie niemals Gepäck?»

«Nein, nie.»

«Kommt sie täglich?»

«Nein; jeden zweiten oder dritten Tag.»

«Hat sie sich irgendwie – na, seltsam benommen?»

Die Alte schob ihre Brille auf die Stirn und rieb ihre faltigen Augenlider. «Jeder hat so seine Eigenheiten. Wenn Sie Ihr ganzes Leben in einer Hotelrezeption verbracht hätten, hätten Sie mich das nicht gefragt.»

«Telefoniert sie manchmal?»

«Nein.»

«Existiert das Hotel schon lange?»

Sie sah ihn fast vorwurfsvoll an. «Seit über fünfzig Jahren.»

«Und vorher? Was war das für ein Haus?»

«Ein Haus wie alle andern, nehme ich an.»

«Haben Sie schon einmal etwas von einer Pauline Lagerlac gehört?»

«Nein. Aber wenn sie hier gewohnt hat, kann ich es nachsehen.»

«Nicht nötig. Danke.»

Ihre Augen trafen sich.

«Ich danke Ihnen», sagte Flavières.

«Nichts zu danken.» Schon begannen die Nadeln wieder zu klappern.

Er stand nachdenklich da und spielte mit dem Feuerzeug in der Hosentasche. Mir fehlt die Praxis, dachte er; ich kann nicht mal mehr eine Untersuchung führen ... Er wäre gern nach oben gegangen und hätte durchs Schlüsselloch gesehen, aber er wußte ja, was er sehen würde. Er grüßte und ging.

Warum ausgerechnet das Zimmer nach hinten im dritten Stock? Das konnte nur das Zimmer von Pauline sein. Aber woher sollte Madeleine das wissen? Sie wußte ja auch nichts von dem Selbstmord ... Was hatte das alles zu bedeuten? Aus welchem Grund hatte sie sich in diesem Hotel eingemietet? Flavières hatte schon ein paar lahme Erklärungen dafür: Suggestion, das zweite Gesicht, Persönlichkeitsspaltung. Aber er verwarf sie alle wieder. Madeleine war bisher immer normal, ausgeglichen gewesen. Außerdem war sie gründlich von mehreren Spezialisten untersucht worden ... Es mußte etwas anderes sein.

Er machte kehrt – und wäre beinahe losgerannt: Madeleine hatte das Hotel verlassen und war auf dem Weg zur Seine hinunter. Sie war nicht einmal eine halbe Stunde in ihrem Zimmer geblieben. Mit eiligen Schritten ging sie zum nächsten Taxistand und nahm ein Taxi. Flavières hatte Glück; auch er erwischte eines.

«Folgen Sie dem Renault da vorn!»

Er hätte seinen Simca nehmen können, aber da wäre Madeleine ihm entwischt. Hoffentlich sah sie sich nicht um ... Aber der Verkehr war so dicht wie zu den Hauptverkehrszeiten vor dem Krieg. Das Taxi von Madeleine fuhr über die Champs-Élysées zum Étoile hinauf.

Überall Uniformen, Autos mit einem Stander auf dem Kotflügel; ein fieberhaftes Treiben. Flavières genoß diese prickelnde Atmosphäre, dieses Gefühl einer nahen Gefahr.

Der Renault umrundete den Arc de Triomphe und bog in Richtung porte Maillot ab. Die avenue de Neuilly war von Sonne überflutet. Hier gab es weniger Autos, und man fuhr weniger hektisch. Die Scheiben waren heruntergekurbelt, die Verdecks offen.

«Es sieht so aus, als ob sie uns das Benzin rationieren, auch für Taxis», sagte der Fahrer.

Das war nicht Flavières Problem. Gévigne würde ihm so viel Benzingutscheine verschaffen, wie er brauchte ... Er schämte sich zwar bei diesem Gedanken – aber was waren schon zehn oder zwanzig Liter Benzin bei den allgemeinen Versorgungsschwierigkeiten, und wo sowieso alles drunter und drüber ging?

«Halten Sie an!»

Madeleine war am pont de Neuilly ausgestiegen. Flavières hatte das Fahrgeld schon in der Hand, aus Angst, er könnte sie aus den Augen verlieren. Zu seinem Erstaunen schlenderte sie ganz gemächlich davon, wie am Tag zuvor. Sie ging an der Seine entlang, ziellos, fast beschwingt. Er sah keine Verbindung zwischen dem Hotel in der rue des Saints-Pères und dem quai de Courbevoie, wo sie gerade waren.

Warum ging sie hier spazieren und nicht an den Quais in Paris, wo es so viel hübscher war? Suchte sie die Einsamkeit, die Ruhe am Fluß, um besser nachdenken zu können oder zu träumen? Er mußte an die kleinen, flachen Inseln in der Loire denken, auf denen der Sand so heiß war, daß er unter den Füßen brannte, an das Weidengestrüpp, in dem die Frösche quakten ... Er war davon überzeugt, daß er ähnlich fühlte und dachte wie Madeleine. Am liebsten hätte er sie eingeholt. Sie würden sich gut verstehen, ohne viele Worte. Sie würden nebeneinander hergehen, die Kähne dahingleiten sehen ...

Er schweifte schon wieder ab. Er blieb stehen, um den Abstand etwas größer werden zu lassen. Eigentlich wollte er umkehren, aber dieses Nicht-aus-den-Augen-lassen faszinierte ihn irgendwie.

Überall Sand, Steine und wieder Sand; in der Ferne eine Holzbrücke, ein Kran, Loren auf einem schmalen, verrosteten Gleis. Die Île de la Grande-Jatte im grauen Dunst am Horizont ... Was suchte sie in dieser trostlosen Gegend? Außer ihnen beiden war kein Mensch zu sehen. Sie drehte sich nicht um, schaute immer nur aufs Wasser. Ganz allmählich war Angst in Flavières aufgestiegen. Das war kein Spaziergang ... Eine Flucht? Ein Anfall von Amnesie? Man hatte schon Leute mit Amnesie auf der Straße aufgelesen. Sie redeten wie Schlafwandler, waren erstaunt und völlig erschöpft ... Er ging schneller.

In diesem Augenblick überquerte Madeleine die Straße und setzte sich an einen von drei kleinen eisernen Tischen vor einer Schifferkneipe. Eine verblichene Markise gewährte Schutz vor der Sonne.

Flavières konnte Madeleine aus einem Versteck hinter ein paar

Fässern ungestört beobachten. Sie holte ein Blatt Papier und einen Füllfederhalter aus ihrer Handtasche und wischte mit der Hand den Tisch ab. Vom Wirt war nichts zu sehen. Madeleine achtete nicht darauf; sie war völlig absorbiert von ihrem Brief.

Da ist einer, den sie liebt, dachte Flavières; an den schreibt sie jetzt und bittet ihn um Hilfe ... Aber warum ausgerechnet hier? Den Brief hätte sie auch zu Hause schreiben können ... Sie schrieb, ohne nachzudenken. Die Feder flog über das Papier. Sicher hatte sie sich die Worte auf ihrem Spaziergang genau zurechtgelegt. Oder im Hotel? Das war alles so irre ... Und wenn es ein Abschiedsbrief, ein Trennungsbrief war ...? Das würde eher passen. Aber wie paßte der Besuch am Grab von Pauline Lagerlac dazu?

Niemand kam, um Madeleine nach ihren Wünschen zu fragen. Sie faltete den Brief und steckte ihn sorgfältig in ein Kuvert. Dann sah sie sich um und klatschte in die Hände. Nichts rührte sich. Schließlich stand sie auf, den Brief in der Hand. Was jetzt? Sie stand unschlüssig da. Flavières hätte viel darum gegeben, wenn er gewußt hätte, an wen der Brief adressiert war. Langsam ging sie den Abhang hinunter. Dabei kam sie ganz nahe an den Fässern vorbei. Wieder ein Hauch ihres Parfums. Eine sanfte Brise war aufgekommen und spielte mit ihrem Rock. Ihr Gesicht war völlig ausdruckslos, zeigte weder Angst noch Freude, noch Langeweile. Sie senkte den Kopf, drehte unschlüssig den Brief in ihren Händen. Plötzlich zerriß sie ihn in viele kleine Fetzen, die der Wind davontrug, zuerst über die Steine, dann auf die Wasserfläche hinaus, wo sie die Strömung davontrieb. Sie schaute hinterher, während sie die Hände rieb, als ob sie etwas Unangenehmes angefaßt hätte. Mit der Schuhspitze befreite sie ein paar Papierschnipsel, die sich in Grasbüscheln verfangen hatten, und schob sie ins Wasser. Sie waren schnell verschwunden. Ganz ruhig machte sie einen Schritt nach vorn. Wasser spritzte auf.

«Madeleine!»

Er hatte hinter den Fässern gestanden, hatte alles mit angesehen und nichts begriffen. Er war wie gelähmt. Er sah nur noch ein kleines Stück Papier, ganz weiß, das hier und da von Grashalmen aufgehalten wurde und dann zwischen den Kieseln davoneilte. Endlich löste er sich aus seiner Erstarrung.

«Madeleine!»

Er riß sich Jackett und Weste vom Leib und stürzte sich ins Wasser. Drei Wellenringe waren noch zu erkennen, die sich zur Mitte des Flusses ausdehnten. Er tauchte. Die Kälte legte sich wie ein eiserner Reifen um seine Brust. Eine Stimme in seinem Innern schrie ununterbrochen: ‹Madeleine ... Madeleine ...› Mit ausgebreiteten Armen suchte er im trüb-dunklen Wasser umher. Ihm ging die Luft aus. Er mußte wieder nach oben. Er stieß sich vom Grund ab und schoß bis zur Hüfte aus dem Wasser. Da sah er sie, ein paar Meter von ihm entfernt. Sie trieb dicht unter der Oberfläche bewegungslos auf dem Rücken, als ob sie schon ertrunken sei.

Er tauchte noch einmal und versuchte, ihre Taille zu umfassen. Aber es gelang ihm nicht. Mit Armen und Beinen strampelnd, kämpfte er einen erbitterten Kampf gegen die Strömung. Seine Lunge brannte wie Feuer. Er holte Luft, drehte sich um sich selbst und erkannte zwischen Tränen eine dunkle Masse, die langsam versank. Mit ungeheurer Anstrengung warf er sich zu der Stelle. Seine Hände bekamen Stoff zu fassen. Verzweifelt tastete er nach ihrem Kopf, ihrem Hals ... Schnell! Er nahm den Kopf in die Armbeuge und ruderte mit dem anderen Arm an die Oberfläche. Der Körper war schrecklich schwer. Flavières sah das Ufer vorübergleiten. Es war nicht sehr weit entfernt, aber seine Kräfte ließen nach. Er keuchte. Er holte tief Luft und schwamm mit der Strömung schräg auf eine Treppe zu, an der ein Kahn angekettet war. Er hielt sich an der Kette fest; seine Füße ertasteten unter Wasser eine Treppenstufe. Er ließ die Kette los und kroch von Stufe zu Stufe, Madeleines Körper an sich pressend. Wasser lief aus ihren Kleidern. Er legte sie auf die Treppe, hob sie mit großer Anstrengung auf die Arme und trug sie nach oben. Dort fiel er auf die Knie und kippte völlig erschöpft zur Seite ab.

Der Wind fuhr ihm mit eisigen Fingern übers Gesicht. Madeleine bewegte sich. Er setzte sich auf und betrachtete sie. Sie sah zum Erbarmen aus. Die Haare klebten ihr im Gesicht. Sie war weiß wie ein Tischtuch. Mit weitgeöffneten Augen starrte sie in den Himmel über sich und versuchte, sich zurechtzufinden.

«Sie leben!» sagte Flavières.

Sie sah ihn an; ihr Blick kam von weit her. «Komisch», sagte sie leise, «aber Sterben ist gar nicht so furchtbar.»

«Blödsinn!» knurrte Flavières. «Nehmen Sie sich zusammen!» Er packte sie unter den Armen und zog sie hoch. Da sie zu schwach war, auf eigenen Füßen zu stehen, mußte er sie tragen; sie war auf einmal nicht mehr schwer, und das Bistro nicht weit ... Seine Beine zitterten trotzdem vor Erschöpfung, als er endlich die Tür erreichte.

«Hallo ... Ist da jemand?»

Er stellte Madeleine auf die Füße und lehnte sie an die Theke. Sie schwankte und klapperte mit den Zähnen.

«Hallo!»

«Ich komm ja schon!» rief eine Stimme. Eine Frau mit einem Baby auf dem Arm kam aus einem der hinteren Räume.

«Können Sie uns helfen?» fragte Flavières. «Haben Sie vielleicht ein paar alte Sachen, die Sie uns leihen könnten? Irgendwas ... Wir sind naß bis auf die Haut.» Er lachte nervös. Er wollte ihr Vertrauen gewinnen.

Das Baby fing an zu weinen, und die Mutter versuchte, es zu beruhigen. «Er bekommt Zähne», erklärte sie.

«Wir müssen die nassen Kleider loswerden», sagte Flavières. «Dann ruf ich ein Taxi ... Ich hol nur schnell mein Jackett; da ist meine Brieftasche drin ... Für Madame einen Cognac – einen doppelten!»

Er versuchte, durch ein bißchen Wärme und Herzlichkeit Madeleines Lebensgeister zu wecken und die Hilfsbereitschaft der Frau zu mobilisieren. Er war glücklich, voller Freude und Tatendrang.

«Setzen Sie sich!» rief er Madeleine zu.

Er rannte nach draußen und fand Jackett und Weste bei den Fässern. Ein Bad um diese Jahreszeit war nicht weiter gefährlich. Aber um ein Haar ... Was ihm am meisten zu schaffen machte, waren nicht seine verzweifelten Anstrengungen, seine Angst. Er konnte einfach das Bild nicht loswerden, wie Madeleine ganz ruhig den Schritt ins Wasser getan hatte. Sie mußte sich plötzlich aufgegeben haben. Sie hatte nicht einmal versucht zu schwimmen. Der Tod hatte nichts Drohendes für sie ... Er schwor sich, sie nie mehr aus den Augen zu lassen, sie vor sich selbst zu beschützen. Für ihn stand es jetzt absolut fest: Sie war nicht normal ... Er rannte zurück, um sich aufzuwärmen.

Die Frau, das Baby auf dem Arm, goß gerade Cognac in zwei Gläser.

«Wo ist sie?»

«Nebenan. Sie zieht sich um.»

«Wo ist das Telefon? Ich rufe ein Taxi.»

«Da.» Sie wies mit dem Kinn zur Theke. «Ich hab für Sie nur einen Monteuranzug gefunden. Wird das gehen?»

Als Flavières telefoniert hatte, wiederholte sie ihre Frage.

«In Ordnung.»

In diesem Augenblick kam Madeleine aus der Küche. Es versetzte ihm einen Schock, als sie in dem armseligen Baumwollkleidchen da stand, ohne Strümpfe, billige Leinenschuhe an den Füßen ... Das war eine andere Madeleine; gar nicht mehr verschüchtert und versponnen.

«Ziehen Sie sich schnell was Trockenes an!» drängte sie. «Es tut mir schrecklich leid ... Das nächste Mal werde ich aufpassen.»

«Ich hoffe, es gibt kein nächstes Mal!» sagte er gereizt.

Eigentlich hatte er ein Wort des Dankes erwartet – vielleicht sogar einen überschwenglichen Dank. Aber sie ging leichthin darüber hinweg ... Wütend schlüpfte er in den Monteuranzug, der viel zu groß für ihn war.

In der Gaststube standen die beiden Frauen und flüsterten miteinander. Sie waren Komplizen geworden. Seine Freude, sein Elan waren dahin. Verbissen versuchte er, sich durch die langen Ärmel hindurchzukämpfen. Dabei stellte er fest, daß der Anzug überall Ölflecke hatte ... Sein Zorn wandte sich gegen Gévigne:

Der würde ihm das teuer bezahlen! Sollte er doch seine Frau von sonstwem bewachen lassen, wenn er das partout wollte ... Er hörte das Taxi hupen und stieß die Tür zur Schankstube auf. Er fühlte sich sehr unbehaglich.

«Sind Sie fertig?»

Madeleine hielt das Baby auf dem Arm. «Nicht so laut!» flüsterte sie. «Sie wecken den Kleinen noch auf!»

Behutsam gab sie der Mutter das Kind zurück. Ihre Fürsorge verwirrte Flavières. Er mußte sich einen Ruck geben, um wieder in Bewegung zu kommen. Hastig raffte er seine nassen Sachen zusammen, schob einen Geldschein unter das volle Cognacglas und lief aus dem Haus. Madeleine folgte ihm.

«Wohin soll ich Sie bringen?» fragte er kühl.

Sie stieg ein. «Fahren wir zuerst zu Ihnen», schlug sie vor. «Sicher wollen Sie das da so schnell wie möglich ausziehen ... Mir macht die Verkleidung nichts aus.»

«Sagen Sie mir wenigstens, wo Sie wohnen.»

«Avenue Kléber ... Ich bin Madame Gévigne ... Mein Mann baut Schiffe.»

«Ich bin Anwalt; Maître Flavières ...» Er schob die Trennscheibe zurück: «Rue de Maubeuge, Ecke rue Lamartine.»

«Sie sind sicher böse auf mich», sagte Madeleine. «Ich weiß wirklich nicht, wie das passieren konnte.»

«Aber ich weiß es. Sie wollten sich umbringen.» Er wartete einen Augenblick, ob sie ihm widersprechen würde. «Sie können Vertrauen zu mir haben», fuhr er fort. «Ich mache Ihnen keine Vorwürfe ... Haben Sie Kummer? Haben Sie eine Enttäuschung hinter sich?»

«Nein», sagte sie leise. «Das ist es nicht.»

Sie war wieder die schöne Unbekannte aus dem Theater, die Dame mit dem Fächer, die andere Madeleine, die, die am Grab von Pauline gestanden hatte.

«Ich wollte ins Wasser gehen», sagte sie, «aber ich ... Sie müssen mir glauben, ich weiß nicht warum.»

«Aber ... der Brief!»

Sie wurde rot. «Der Brief war an meinen Mann. Ich wollte

ihm etwas sagen. Aber er hätte mich doch nicht verstanden ... Nicht verstehen können. Deshalb hab ich ...» Sie sah Flavières an und legte die Hand auf seinen Arm: «Glauben Sie, Monsieur, daß man wiedergeboren werden kann? Ich meine ... daß man stirbt und dann wiedergeboren wird? Sehen Sie, Sie können mir darauf nicht antworten. Sie halten mich für verrückt.»

«So hören Sie doch ...»

«Aber ich bin nicht verrückt, bestimmt nicht. Ich habe das Gefühl, daß ich vor langer Zeit schon einmal gelebt habe ... Außer meinen Kindheitserinnerungen sind da noch andere, die weit zurückliegen ... Ich weiß nicht, warum ich Ihnen das alles erzähle.»

«Erzählen Sie weiter!» sagte Flavières hastig. «Erzählen Sie!»

«Ich sehe Dinge, die ich in meinem jetzigen Leben noch nie gesehen habe. Zum Beispiel Gesichter, die es gar nicht gibt, die nur in meinem Kopf existieren. Und manchmal glaube ich, daß ich eine sehr alte Frau bin.»

Sie hatte eine tiefe Stimme. Flavières hörte ihr gebannt zu.

«Ich muß krank sein», fuhr sie fort. «Aber wenn ich krank bin, wieso sind dann meine Erinnerungen so klar? Dann müßte ich doch ein furchtbares Durcheinander in meinem Kopf haben.»

«Haben Sie das eben aus einem plötzlichen Impuls getan, oder hatten Sie das geplant?»

«Ich glaube, ich hatte es mir vorgenommen, aber genau weiß ich das nicht. Ich fühle, wie sich in mir etwas verändert, und dann schlüpfe ich in die Haut einer anderen. Mein jetziges Leben existiert plötzlich nicht mehr ... Warum soll ich dann weiterleben? Für Sie? Für die anderen? Der Tod löscht Leben aus ... Aber für mich ist das etwas anderes.»

«Hören Sie auf! Ich bitte Sie ... Denken Sie doch an Ihren Mann!»

«Armer Paul! Wenn er wüßte ...»

«Er darf es nie erfahren! Es bleibt unter uns.» Flavières' Stimme klang fast zärtlich.

Madeleine lächelte plötzlich. Sie hatte beunruhigend schnell wieder in die Wirklichkeit zurückgefunden. «Berufsgeheimnis», sagte sie. «Ich vertraue Ihnen ... Was hatte ich für ein Glück, daß Sie zufällig in der Nähe waren!»

«Ja, da haben Sie recht. Ich war mit einem Mann verabredet. Seine Werkstatt liegt nur ein Stückchen von der Kneipe entfernt. Wenn das Wetter nicht so schön gewesen wäre, wäre ich sicher mit dem Wagen gefahren.»

«Und ich wäre ertrunken», sagte sie leise.

Das Taxi hielt.

«Wir sind da», sagte Flavières. «Verzeihen Sie die Unordnung bei mir. Ich bin Junggeselle, und ich habe viel zu tun.»

Die Halle war leer; auch niemand im Treppenhaus. Gott sei Dank! Keiner sah ihn in diesem Aufzug ... Während er die Wohnungstür aufschloß, klingelte das Telefon.

«Sicher ein Klient. Bitte nehmen Sie Platz. Es wird nicht lange dauern.» Er lief zu seinem Schreibtisch.

«Hallo!»

Es war Gévigne.

«Ich habe zweimal versucht, dich anzurufen. Mir ist da etwas eingefallen im Zusammenhang mit Paulines Selbstmord: Sie ist ins Wasser gegangen ... Ich weiß nicht, ob dir das irgendwie weiterhilft, aber ich wollte es dir auf jeden Fall gesagt haben ... Gibt es was Neues?»

«Ich werde dir berichten», sagte Flavières. «Ich habe gerade einen Klienten bei mir.»

4

Flavières saß mißgestimmt vor seinem Terminkalender. 6. Mai. Drei Verabredungen; zwei Nachlaßprozesse, eine Scheidung ... Er hatte die Nase voll von diesem stupiden Beruf. Und keine Aussicht, den eisernen Vorhang herunterzulassen und ein Schild daran zu hängen: *Wegen Mobilmachung geschlossen* oder *Wegen Todesfall* ... Das Telefon klingelte den ganzen Tag. Sein Klient aus Orléans bat ihn wieder einmal um einen Termin. Es würde ihm schwerfallen, sich zu konzentrieren und auch noch liebenswürdig zu sein. Am Spätnachmittag würde Gévigne anrufen oder ihn besuchen. Ganz schön anspruchsvoll, dieser Gévigne!

Flavières schlug das *Dosier Gévigne* auf: *27. April: Spaziergang im Bois / 28. April: Nachmittag im Paramount verbracht / 29. April: Rambouillet und Vallée de Chevreuse / 30. April: Marignan. Tee auf der Terrasse der Galeries Lafayette. Schwindelanfall. Mußte hinuntergehen. Sie war sehr vergnügt / 1. Mai: Spaziergang in Versailles. Sie ist eine gute Autofahrerin. Dabei hat der Simca seine Mucken / 2. Mai: Fontainebleau / 3. Mai: Habe sie nicht gesehen / 4. Mai: Kleiner Spaziergang im Jardin du Luxembourg / 5. Mai: Langer Spaziergang in Beauce. Von weitem die Kathedrale von Chartres gesehen ...*

Für den 6. Mai hätte er eintragen müssen: Ich liebe sie. Ich kann nicht mehr leben ohne sie ... Es war Liebe. Eine melancholische Liebe, die im Verborgenen glomm, wie ein Feuer in einer verlassenen Mine.

Madeleine schien nichts zu merken. Er war ein Freund, nichts weiter. Ein angenehmer Begleiter, mit dem man sich zwanglos unterhalten konnte. Sie sah anscheinend keinen Grund, ihn Paul vorzustellen. Flavières hatte sich daran gewöhnt, die Rolle des erfolgreichen Anwalts zu spielen, der nur arbeitet, um die Zeit totzuschlagen, und der mit Freuden einer hübschen Frau hilft, die Langeweile zu vertreiben. Die Sache von Courbevoie war vergessen.

Aber seitdem glaubte Flavières, einen Besitzanspruch auf sie zu haben. Durch die Art, wie sie ihm begegnete, dankte sie ihm für ihre Rettung. Sie war nett zu ihm, wie man eben zu einem Onkel nett ist. Wenn er ein Wort von Liebe gesagt hätte, hätte er wahrscheinlich alles kaputtgemacht. Außerdem war da ja auch noch Gévigne! ... Es war Ehrensache für Flavières, seinen Auftraggeber jeden Abend anzurufen und ihm einen minuziösen Bericht zu geben. Gévigne hörte ihm immer zu, ohne ihn zu unterbrechen. Dann erzählte er von der seltsamen Krankheit seiner Frau.

Flavières schlug den Aktenordner zu, streckte die Beine aus und faltete die Hände. Madeleines Krankheit! Unzählige Male am Tag beschäftigte er sich damit. Unzählige Male am Tag ließ er sich Madeleines Gesten und alles, was sie gesagt hatte, durch den Kopf gehen. Der Polizist in ihm prüfte, verglich ... Madeleine war nicht krank, aber sie war auch nicht vollkommen normal. Sie liebte das Leben. Sie war fröhlich, manchmal sogar übermütig. Und sie war geistvoll. Auf einen Nichteingeweihten wirkte sie sicher vollkommen normal, gelöst und heiter. Das war ihre helle Seite, ihre Sonnenseite. Aber da war auch noch die dunkle, die geheimnisvolle ... Egoistisch oder berechnend war sie nicht. Aber kalt bis ans Herz, indifferent, ohne eigenen Willen und ohne Leidenschaft. Gévigne hatte recht: Sobald man sich nicht mehr mit ihr beschäftigte, sie unterhielt, sie festhielt, versank sie in eine Art Betäubung, die mit Träumerei nichts zu tun hatte. Ihr Wesen veränderte sich; es war, als ob ihre Seele langsam ausströmte. Flavières hatte öfter beobachtet, wie sie sich mehr und mehr von dieser Erde zu entfernen, sich im All zu verlieren schien ...

«Geht es Ihnen nicht gut?» hatte er gefragt.

Madeleine war langsam zu sich gekommen; ihr Gesicht hatte sich wieder belebt. Ein zögerndes Lächeln, ein Flattern der Augenlider. Dann hatte sie ihn angesehen.

«Oh, ich fühle mich glänzend!»

Und ihre Augen hatten ihm das bestätigt. Vielleicht würde sie sich ihm eines Tages anvertrauen. Wenn es zu vermeiden war, ließ Flavières sie nicht ans Steuer. Sie fuhr zwar gut, aber er spürte oft so etwas wie Fatalismus bei ihr ... Nein – kein Fatalismus; Flavières suchte nach einem passenderen Wort ... Sie wehrte sich nicht, sie fügte sich in ihr Schicksal. Ihm fiel ein, daß es ihm damals ähnlich ergangen war, als er zu niedrigen Blutdruck hatte. Die geringste Bewegung war für ihn eine Strapaze gewesen. Wenn er damals einen Tausend-Francs-Schein auf der Straße hätte liegen sehen, er hätte ihn nicht aufgehoben. So ähnlich mußte es Madeleine gehen. Irgend etwas in ihr war zerbrochen ... Flavières hatte Angst, daß sie in einer schwierigen Situation nicht richtig reagieren würde. In Courbevoie hatte sie auch nichts getan, um sich zu retten ... Und noch etwas war seltsam: Sie machte nie einen Vorschlag, was sie unternehmen könnten.

«Sollen wir nach Versailles fahren oder nach Fontainebleau? Oder wollen Sie lieber in Paris bleiben?»

«Das ist mir gleich.» Oder: «Ja, gern.»

Immer dasselbe. Und zehn Minuten später lachte sie, amüsierte sich, freute sich am Leben. In ihr Gesicht kam Farbe, sie drückte Flavières' Arm. Er spürte die Wärme ihres Körpers. Manchmal konnte er der Versuchung nicht widerstehen, ihr etwas Nettes zu sagen. Einmal hatte er ihr ins Ohr geflüstert:

«Sie sind hinreißend!»

«Ist das Ihr Ernst?» Sie hatte ihn fragend angesehen.

Jedesmal, wenn er in diese blauen Augen sah, zog sich sein Herz zusammen. Sie waren so leuchtend, daß sogar die Sonne etwas von ihrem Glanz verlor.

Madeleine wurde schnell müde, und sie war immer hungrig. Um vier Uhr mußte sie etwas zu sich nehmen – einen Tee, ein Stück Kuchen. Flavières ging nicht gern mit ihr in eine Konditorei oder eine Teestube. Deshalb fuhr er immer öfter mit ihr aufs Land. Jedesmal, wenn er einen Rosinenkuchen oder ein Eclair aß, hatte er ein schlechtes Gewissen, weil Krieg war, weil so viele Männer nicht bei ihren Frauen, bei ihren Liebsten sein konnten. Aber er sah ein, daß Madeleine diese kleine Mahlzeit brauchte. Das half ihr vielleicht, gegen die Leere, das Nichts, die Nacht anzukämpfen, in die sie so leicht versinken konnte.

«Sie lassen mich manchmal an Vergil denken», hatte er einmal zu ihr gesagt, «an Äneas, der in die Unterwelt stieg. Und an noch jemanden, der auch ...»

«Wieso?»

«Äneas steigt hinab zu Pluto in die Unterwelt, wo er Blut ausgießt. Die Schatten der Toten werden dadurch angelockt. Sie berauschen sich an dem Geruch, nehmen für kurze Zeit schemenhaft Gestalt an und beginnen wieder zu sprechen. Sie reden von nichts anderem als von ihrer Sehnsucht nach dem Licht der Lebenden.»

«Aber was hat das mit mir zu tun?»

Er hatte den Teller mit Croissants zu ihr hingeschoben.

«Essen Sie! Essen Sie alle auf... Manchmal kommen Sie mir schemenhaft vor, durchsichtig, unwirklich... Essen Sie, meine kleine Eurydike!»

Sie hatte gelächelt. «Sie verwirren mich mit Ihrer Mythologie.» Dann hatte sie überlegt. Nach einer ganzen Weile hatte sie die Tasse hingestellt und gemeint: «Eurydike ... Wie schön! – Sie haben mich wirklich der Unterwelt entrissen.»

Er hatte dabei nicht an die Seine mit ihrem schlammigen Ufer gedacht, sondern an die Felsenwohnungen an der Loire, die in den Stein hineingehauen waren, an die unterirdischen Gänge, in denen man das Wasser monoton tropfen hörte. Und er hatte seine Hand auf die von Madeleine gelegt.

Seit diesem Tag hatte er sie Eurydike genannt. Er hätte nicht gewagt, sie mit Madeleine anzureden – wegen Gévigne. Madeleine war verheiratet, die Frau eines anderen; Eurydike gehörte ihm ganz allein ... Er hatte sie in seinen Armen gehalten, als ihr das Wasser aus Haaren und Kleidern lief, als ihre Augen geschlossen waren und der Schatten des Todes auf ihrem Gesicht lag. Es war ihm egal, ob er sich lächerlich machte oder nicht. Er litt unsäglich. Er lebte in einem ständigen Widerstreit seiner Gefühle. Aber er mochte die Qual nicht missen. Nie zuvor hatte er diesen inneren Frieden gefunden, diese Freude, die ihn sein früheres Leben mit all seinen Ängsten und Selbstvorwürfen vergessen ließ. Seit Ewigkeiten hatte er auf diese geheimnisvolle Frau gewartet! Seit seinem dreizehnten Lebensjahr. Seit damals fühlte er sich mit der Erde verbunden, mit dem Reich der Geister und Feen ...

Das Telefon klingelte. Er nahm hastig ab. Er wußte, wer am anderen Ende der Leitung war.

«Hallo! Sind Sie es? ... Frei? Ich glaube schon ... Ja, ich habe viel Arbeit, aber nichts Dringendes ... Würde Ihnen das Spaß machen? ... Bestimmt? Abgemacht. Aber ich muß um fünf zurück sein ... Nein, wirklich ... Entscheiden Sie ... Sehr lieb von Ihnen, aber Sie bringen mich in Verlegenheit ... Vielleicht ein Museum ... Ist zwar nicht sehr originell, aber immerhin – ein kleiner sentimentaler Spaziergang durch den Louvre ... Nein, wir haben noch nicht alles gesehen. Es bleibt noch eine ganze Menge. Ein Grund mehr, uns zu beeilen ... Selbstverständlich, danke ... Bis gleich!»

Er legte den Hörer sanft auf die Gabel, um das letzte Nachklingen der geliebten Stimme in sich aufzunehmen. Was würde dieser Tag bringen? Sicher nichts anderes als die vorangegangenen Tage. Die Situation war ausweglos. Madeleine würde nie wieder gesund werden – warum sollte er sich etwas vormachen? Vielleicht dachte sie seltener an Selbstmord, seitdem er so oft mit ihr zusammen war, aber an ihrer seelischen Verfassung hatte sich nichts geändert. Was sollte er bloß Gévigne sagen? Sollte er ihm sagen, was er dachte?

Flavières war in einem Teufelskreis. Er grübelte und grübelte und fand keine Lösung. Er fühlte sich alt, ausgehöhlt, zu keinem vernünftigen Gedanken mehr fähig.

Er holte seinen Hut und ging. Seine Klienten würden schon wiederkommen – oder sie blieben eben weg. Was kümmerte es ihn! Vielleicht würde Paris bombardiert. Wenn der Krieg länger dauerte, würde er sich melden müssen. Außerdem war die Zukunft völlig ungewiß. Alles war sinnlos – außer der Liebe ... Der Augenblick zählte; die Sonne, die das Laub der Bäume in Licht tauchte. Er brauchte diese belebten Boulevards, den Lärm, den Kontakt mit Menschen. Es tat ihm gut, Madeleine für ein paar Augenblicke zu vergessen ... Während er an der Oper spazierenging, wurde ihm bewußt, wie sehr Madeleine sein Leben verändert hatte. Sie nahm ihm seine ganze Kraft. Er gab ihr nicht sein Blut wie ein Blutspender, sondern er gab ihr seine Seele. Wenn er nicht mit ihr zusammen war, stürzte er sich in das Menschengewühl, um wieder Kraft zu schöpfen. Dann dachte er an gar nichts. Nur ab und zu drängte sich ihm die Frage auf, ob er überhaupt eine Chance hatte zu überleben ... Manchmal überließ er sich auch seinen Träumen: Wenn Gévigne starb, war Madeleine frei ... Es machte ihm Spaß, sich Unmögliches vorzustellen, sich phantastische Geschichten auszudenken. Nach kurzer Zeit fühlte er sich dann herrlich gelöst, als ob er Opium geraucht hätte. Langsam wurde er im Strom der Passanten vorwärts geschoben. Er ließ sich treiben. Er genoß es, Mensch zu sein.

Vor den Schaufensterauslagen von *Lancel* blieb er stehen. Er wollte nichts kaufen, aber es machte ihm Spaß, den kostbaren Schmuck zu betrachten. Er freute sich an dem Glanz des Goldes auf dunklem Samt. Plötzlich fiel ihm ein, daß Madeleines Feuerzeug kaputtgegangen war. Auf einer Glasplatte lagen Dutzende davon. Außerdem entdeckte er prächtige Zigarettenetuis, die ihm gut gefielen ... Das konnte Madeleine nicht kränken! Er ging in den Laden, suchte ein kleines Feuerzeug aus mattem Gold aus und ein Zigarettenetui aus Russisch-Leder. Endlich einmal machte es ihm Freude, Geld auszugeben. Er schrieb auf eine Karte *Der wiedererstandenen Eurydike* und steckte sie in das Etui. Er würde ihr das Päckchen im Louvre geben, oder vielleicht ein bißchen später, während sie zu Abend aßen, kurz bevor sie nach Hause ging.

Der Vormittag war schön durch diesen Einkauf. Er mußte lächeln, als seine Finger das Papier fühlten, das mit einer blauen Schleife geschmückt war. Liebe, liebste Madeleine ...

Um zwei Uhr wartete er auf der place de l'Étoile auf sie. Sie kam immer pünktlich zum Rendezvous.

«Guten Tag. Heute in Schwarz?»

«Ich liebe Schwarz», sagte sie. «Eigentlich möchte ich immer nur Schwarz tragen.»

«Warum? Es ist so trist.»

«Aber nein. Es wirkt anregend. Es verpflichtet einen, vernünftig zu sein. Man wird gezwungen, sich ernst zu nehmen.»

«Und was ist, wenn Sie ein blaues oder grünes Kleid tragen?»

«Ich weiß nicht. Vielleicht würde ich mich dann als Bach fühlen, oder als Pappel ... Als Kind habe ich geglaubt, daß Farben magische Kräfte besitzen. Deshalb wollte ich malen.» Sie nahm seinen Arm mit dieser vertrauten Geste, die ihn immer überwältigte.

«Ich habe auch einmal versucht zu malen. Ich bin ein schlechter Maler.»

«Das macht doch nichts. Nur die Farbe ist wichtig.»

«Ich würde mir gern Ihre Bilder einmal ansehen.»

«Oh, sie sind nicht besonders. Man kann darauf nichts erkennen. Es sind Träume ... Träumen Sie in Farben?»

«Nein. Nur schwarzweiß. Wie im Kino.»

«Dann können Sie meine Bilder nicht verstehen. Dann sind Sie blind.» Sie lachte und drückte seinen Arm, um ihm zu zeigen, daß sie einen Spaß gemacht hatte. «Es ist viel schöner als das, was wir Wirklichkeit nennen», fuhr sie fort. «Stellen Sie sich einmal Farben vor, die sich berühren, die sich gegenseitig verzehren, sich trinken, die Sie vollkommen durchdringen ... Es ist, als ob man sich in ein Insekt verwandelt, das auf einem Blatt nicht zu erkennen ist. Oder in einen Fisch, der so rot ist wie die Korallen. Im Traum bin ich jede Nacht in diesem ‹anderen Land›.»

«Sie auch?» fragte Flavières leise.

Eng aneinandergeschmiegt flanierten sie um die place de la Concorde. Sie sahen die Passanten nicht. Flavières wußte kaum, wo er war. Er sog jedes Wort von ihr in sich auf. Trotzdem blieb sein Geist wachsam.

«Als ich ein kleiner Junge war, war ich besessen von diesem unbekannten Land. Ich hätte Ihnen auf der Karte zeigen können, wo es liegt.»

«Es ist nicht das gleiche.»

«O doch! Nur ist meines voller Schatten und Ihres voller Licht ... Aber ich weiß genau, daß sie irgendwo ineinander übergehen.»

«Und Sie glauben nicht mehr daran?»

Flavières zögerte. Aber sie sah ihn so erwartungsvoll an. Seine Antwort war ihr anscheinend sehr wichtig.

«Doch. Ich glaube *wieder* daran. Jetzt, seitdem ich Sie kenne.»

Sie schwiegen eine Weile. Der Rhythmus ihrer Schritte führte ihre Gedanken zusammen. Sie überquerten die weite Fläche des Hofes im Louvre, stiegen eine schmale, dunkle Treppe hinauf. Sie kamen in einen Raum, in dem es herrlich kühl war wie in einer Kathedrale. Sie waren unter ägyptischen Göttern.

«Ich glaube nicht daran», nahm sie den Faden wieder auf. «Ich weiß, daß es existiert ... Es ist genauso wirklich wie unsere Alltagswelt ... Nur dürfen wir es nicht sagen.»

Die Statuen sahen mit großen, leeren Augen auf sie herab. Es gab durchsichtige Sarkophage; Steinblöcke, um die Spruchbänder mit nicht entzifferbaren Schriftzeichen liefen. Die menschenleeren Hallen in ihrem feierlichen Dämmerlicht wurden bevölkert von grotesken Köpfen, von Fratzen, an denen der Zahn der Zeit genagt hatte, von ruhenden Tieren, von einer monströsen, erstarrten Fauna.

«Ich bin schon einmal hier gewesen, mit einem Mann», sagte sie leise. «Es ist schon lange her, sehr lange ... Er hat Ähnlichkeit mit Ihnen. Aber er hatte einen Backenbart.»

«Das ist sicher nur Einbildung. Man bildet sich manchmal ein, einen Menschen oder einen Gegenstand schon einmal gesehen zu haben. Das passiert mir auch ab und zu.»

«O nein! Ich kann Ihnen Einzelheiten genau beschreiben ... Ich sehe zum Beispiel oft eine kleine Stadt vor mir. Ich weiß nicht, wie sie heißt; ich weiß nicht einmal, ob sie in Frankreich liegt. Trotzdem gehe ich im Traum dort spazieren, als ob ich schon immer da gelebt hätte. Da ist ein Fluß, mitten durch die Stadt ... Auf dem rechten Ufer ist ein römischer Triumphbogen ... Wenn man die Straße mit den riesigen Platanen auf beiden Seiten hinaufgeht, ist links eine Arena – ein paar Gewölbe, Reste einer Treppe ... Am anderen Ende der Arena sehe ich drei Pappeln und eine Herde Schafe.»

«Aber die Stadt kenne ich!» rief Flavières. «Das ist Saintes. Der Fluß ist die Charente.»

«Vielleicht.»

«Aber die Arena hat man inzwischen ausgegraben. Und es sind keine Pappeln mehr dort.»

«Zu meiner Zeit gab es dort Pappeln ... Und der kleine Brunnen? Gibt es den noch? Die Mädchen haben Nadeln hineingeworfen und sich dabei gewünscht, daß sie bald heiraten.»

«Der Sainte-Estelle-Brunnen!»

«Und die Kirche hinter der Arena? Eine alte Kirche mit einem hohen Glockenturm ... Ich liebe diese alten Kirchen.»

«Saint-Eutrope!»

«Sehen Sie ...»

Sie schlenderten langsam an den rätselhaften Zeugen einer vergangenen Kultur vorüber. Es roch nach Kreide. Manchmal begegneten sie einem Besucher, aufmerksam, in sich gekehrt. Sie waren nur mit sich selbst beschäftigt, während sie an den Löwen und geflügelten Stieren vorbeigingen.

«Wie hieß die Stadt?» fragte Madeleine.

«Saintes. Sie liegt in der Nähe von Royan.»

«Ich muß einmal dort gelebt haben ... Früher.»

«Früher? Als Kind?»

«Nein», sagte Madeleine sanft. «In meinem früheren Leben.»

Flavières widersprach nicht. Madeleines Worte hatten ihn wie ein Stich getroffen. «Wo sind Sie geboren?» fragte er.

«In den Ardennen, ganz nah an der Grenze. Der Krieg hat dieses Gebiet nie verschont. Und Sie?»

«Ich bin bei meiner Großmutter aufgewachsen, in der Nähe von Saumur.»

«Ich habe keine Geschwister. Ich war immer allein», sagte Madeleine. «Und meine Mutter war oft krank. Mein Vater verbrachte seine ganze Zeit in der Fabrik. Ich hatte keine fröhliche Kindheit.»

Sie kamen in einen Saal mit Gemälden. Die Goldrahmen leuchteten. Winzige Goldpunkte wurden von den Spiegeln tausendfach reflektiert. Viele Augen von den Porträts sahen die beiden an, folgten ihnen. Hagere Gesichter von hochdekorierten Offizieren, die Hand am Degen, neben sich ein sich aufbäumendes Pferd.

«Hatten Sie diese Visionen auch schon als Kind?» fragte Flavières leise.

«Nein. Ich war nur ein einsames, schweigsames kleines Mädchen.»

«Wann hatten Sie das zum erstenmal?»

«Ganz plötzlich. Es ist noch gar nicht lange her ... Ich hatte das Gefühl, daß ich nicht zu Hause war, sondern in einer fremden Umgebung, daß ich mit einem fremden Mann zusammenlebte ... Verstehen Sie? Wie wenn man plötzlich aufwacht und das Zimmer nicht wiedererkennt.»

«Ja, ich verstehe ... Ich würde Sie gern etwas fragen, aber ich weiß nicht, ob Sie mir dann nicht böse sind.»

«Ich habe keine Geheimnisse», sagte Madeleine nachdenklich.

«Darf ich wirklich?»

«Ja, bitte.»

«Denken Sie immer noch daran ... hm ... zu verschwinden?»

Madeleine blieb stehen und sah zu Flavières hoch. Ihre Augen flehten ihn an.

«Sie verstehen mich nicht», sagte sie leise.

«Antworten Sie mir!»

Ein paar Besucher waren vor einem Bild stehengeblieben. Flavières sah ein Kreuz, einen fahlen Körper, den zur Seite geneigten Kopf. Blut rann aus der Seite. Am Fuß des Kreuzes stand eine Frau, das Gesicht zum Himmel erhoben.

Madeleines Hand auf seinem Arm war schwerelos. «Nein. Drängen Sie mich nicht!»

«Doch. Ihretwegen ... Und meinetwegen.»

«Roger ... Ich bitte Sie!»

Sie hatte kaum lauter gesprochen als vorher. Es war wie ein Hilferuf. Flavières war beschämt. Er legte seinen Arm um ihre Schulter und zog sie an sich.

«So begreifen Sie doch: Ich liebe Sie! Ich will Sie nicht verlieren!»

Sie gingen wie im Traum zwischen all den Madonnen, Pietas, Golgathas. Sie hielt seine Hand fest.

«Sie machen mir angst», sagte er. «Ich brauche Sie! Vielleicht brauche ich auch die Angst. Sonst ... Sonst schaffe ich es nie, mein Leben zu ändern ... Wenn ich nur wüßte, ob Sie sich das alles nur einbilden!»

«Gehen wir.»

Sie gingen durch leere Säle, suchten den Ausgang. Sie hatte seine Hand nicht losgelassen. Sie klammerte sich immer mehr an ihn. Sie rannten die Treppe hinunter und hielten erst auf einem Rasen an, auf dem ein Rasensprenger einen Regenbogen zeichnete. Sie waren beide außer Atem.

«Sind wir nicht verrückt, wir beide ... Erinnern Sie sich noch an das, was ich eben gesagt habe?»

«Ja», sagte Madeleine.

«Ich habe Ihnen gesagt, daß ich Sie liebe ... Haben Sie das gehört?»

«Ja.»

«Wenn ich Ihnen jetzt noch einmal sage, daß ich Sie liebe, sind Sie mir dann böse?»

«Nein.»

«Wunderbar! – Wollen wir noch ein bißchen spazierengehen? Wir haben uns doch so viel zu sagen.»

«Nein ... Ich bin müde. Ich möchte nach Hause.»

Sie war blaß und schien bedrückt.

«Ich rufe ein Taxi», schlug Flavières vor. «Aber zuerst ... Bitte, nehmen Sie das hier.»

«Was ist das?»

«Packen Sie es aus.»

Sie knotete das Band auf, faltete das Papier auseinander, legte das Zigarettenetui mit dem Feuerzeug auf die flache Hand und sah zu ihm auf. Dann öffnete sie das Etui und las die drei Worte.

«Mein armer Freund ...» murmelte sie.

«Kommen Sie!» Er zog sie zur rue de Rivoli. «Keinen Dank! Ich weiß, daß Sie das Feuerzeug brauchen können ... Sehen wir uns morgen?»

Sie nickte.

«Gut. Wollen wir aufs Land fahren? – Nein, sagen Sie jetzt nichts! Es war ein so herrlicher Nachmittag ... Da ist ein Taxi ... Eurydike, Liebste, Sie wissen ja nicht, wie glücklich Sie mich gemacht haben!» Er nahm ihre behandschuhte Hand und küßte sie innig. «Drehen Sie sich nicht um!» sagte er und schloß die Wagentür.

Er war erschöpft und so glücklich wie damals vor vielen Jahren, als er den ganzen Tag am Ufer der Loire umhergestromert war.

5

Den ganzen Vormittag wartete Flavières vergeblich auf einen Anruf von Madeleine. Um zwei Uhr lief er zu ihrem gewohnten Treffpunkt an der place de l'Étoile. Sie kam nicht. Er rief Gévigne an. Gévigne war nach Le Havre gefahren und würde erst am nächsten Tag gegen zehn Uhr zurückkommen. Flavières verbrachte einen furchtbaren Tag.

Die Nacht war noch schlimmer. Er schlief überhaupt nicht. Gegen fünf stand er auf, lief im Arbeitszimmer hin und her, von Vorstellungen gepeinigt, die ihn fast wahnsinnig machten. Nein, Madeleine war nichts passiert! Ihr konnte nichts passiert sein! – Aber wenn nun doch ...

Er ballte die Fäuste. Er mußte einen klaren Kopf bewahren. Er hätte Madeleine nicht sagen dürfen, daß er sie liebte! Sie waren Gévigne gegenüber nicht fair gewesen. Wer weiß, wozu Madeleine imstande war vor lauter Gewissensbissen ... Sie war so sensibel! Er zerfleischte sich mit Selbstvorwürfen. Gévigne hatte keine Schuld. Er hatte sich auf ihn verlassen und ihm Madeleine anvertraut. Er, Flavières, mußte einen Schlußstrich ziehen unter diese Geschichte – und zwar schnell! Aber bei der Vorstellung, Madeleine nie wiederzusehen, krampfte sich alles in ihm zusammen. Er hatte das Gefühl zu ersticken. Er mußte sich auf seinen Schreibtisch stützen. Am liebsten hätte er Gott, das Schicksal oder irgendwelche geheimen Mächte für alles verantwortlich gemacht. Er würde immer ausgestoßen sein. Nicht einmal für den Krieg hatten sie ihn haben wollen.

Er setzte sich in den Sessel, in dem Gévigne am ersten Abend gesessen hatte. Vielleicht nahm er auch alles zu schwer ... Liebe, die wahre Liebe, wächst nicht in zwei Wochen. Er versuchte, seine Gefühle zu analysieren. Was wußte er schon von der Liebe! Er hatte nie einen Menschen wirklich geliebt. Natürlich hatte er das Glück begehrt wie ein armer Schlucker die Kostbarkeiten in der Auslage eines Juweliers. Aber es hatte immer zwischen ihm und dem Glück nur die kalte, harte Schaufensterscheibe gegeben. Und als er schließlich zum Inspecteur befördert worden war, hatte er das Gefühl gehabt, daß das nur geschehen war, weil er das Glück der anderen beschützen sollte; daß sein Schaufenster verschlossen blieb. Und jetzt Madeleine ...

Nein, er hatte nicht das Recht. Er durfte nicht zum Dieb werden! Er mußte verzichten ... Verdammt noch mal! Was war er doch für ein Feigling! Was für ein Würstchen! Schon beim ersten Hindernis gab er auf ... Vielleicht liebte ihn Madeleine auch?

«Schluß jetzt!» sagte er laut. «Schluß damit! Ich will endlich meine Ruhe haben!»

Er machte sich einen starken Kaffee, um wieder auf die Beine zu kommen, und lief dann ziellos in der Wohnung umher. Von der Küche ins Arbeitszimmer, von dort in den Flur, wieder zurück zur Küche. Dieser unbekannte Schmerz in seiner Brust ... Und klar denken konnte er auch nicht mehr. Es mußte Liebe sein. Wie konnte er da vernünftig sein? Er war jetzt zu jeder Dummheit bereit; er war fast stolz darauf, *unvernünftig* zu sein.

Wie hatte er nur die ganzen Jahre über so leben können? Die vielen Menschen, die in seiner Kanzlei ein und aus gingen ... Wie hatte er es nur ertragen können, ihnen zuzuhören, wenn sie ihren Kummer bei ihm abluden? Wie viele Akten hatte er studiert – und nichts hatte er begriffen! Er hatte sich immer nur stur an Tatsachen gehalten. Er hatte die Achseln gezuckt, wenn ein Klient verzweifelt gesagt hatte: ‹Aber ich liebe sie doch!› Am liebsten hätte er dann geantwortet: ‹So hören Sie schon auf! Machen Sie sich doch nichts vor! Es gibt keine Liebe! Sie ist etwas Unerreichbares. Nur kleine Kinder glauben daran ... Und Bettgeschichten interessieren mich nicht!›

Was war er doch für ein Idiot!

Um acht Uhr war er immer noch im Morgenrock und unrasiert. Seine Augen glänzten fiebrig. Er wußte nicht, was er tun sollte. Madeleine anrufen konnte er nicht; sie hatte es ihm verboten, wegen der Dienstboten. Vielleicht wollte sie ihn ja auch nicht wiedersehen. Vielleicht hatte sie auch Angst – wie er.

Geistesabwesend rasierte er sich, zog sich an. Plötzlich wußte er, daß er Gévigne sofort sprechen mußte. Er mußte ihm alles beichten. Aber gleichzeitig sagte ihm sein Instinkt, daß es besser war, Gévigne in Sicherheit zu wiegen, damit er selbst Madeleine weiter sehen konnte ... Langsam lichtete sich der Nebel in seinem Kopf. Eine leise Freude nistete sich in seinem Herzen ein. Sonnenlicht drang durch die Rolläden. Er hatte vergessen, sie hochzuziehen. Er schaltete die Lampe aus und ließ das Licht ins Arbeitszimmer fluten. Er schöpfte wieder Hoffnung.

Das Wetter war phantastisch, und vom Krieg war nichts zu spüren. Er schloß die Wohnungstür ab, legte den Schlüssel unter die Matte für die Putzfrau und grüßte die Concierge freundlich. Alles schien ihm plötzlich leicht und unkompliziert. Er mit seiner ewigen Angst und seinem Pessimismus! Er konnte nun mal nicht über seinen Schatten springen. Er würde immer hin und her gerissen sein zwischen Furcht und Hoffnung, zwischen Freude und Traurigkeit, zwischen Zweifel und Mut. Er würde nie Ruhe finden. Und seinen inneren Frieden, sein seelisches Gleichgewicht auch nicht. Nur in Madeleines Nähe ... Er verbot sich jeden Gedanken an Madeleine, weil er sich nicht schon wieder in dem Dickicht von Skrupeln und Selbstmitleid verlieren wollte.

Paris zeigte sich von seiner schönsten Seite. Das Licht war nie zärtlicher gewesen. Er spürte es mit all seinen Sinnen. Er hätte die Bäume umarmen, den Himmel küssen, die Stadt, die sich in der Sonne rekelte, an sein Herz drücken mögen. Um zehn Uhr war er in Gévignes Büro.

Gévigne war gerade zurückgekommen. «Setz dich, alter Freund ... Einen Augenblick noch, dann hab ich Zeit für dich. Ich muß nur kurz mit einem meiner Direktoren sprechen.»

Gévigne wirkte abgespannt. In ein paar Jahren würde er Tränensäcke haben und schlaffe, faltige Wangen. Mit fünfzig würde er verbraucht sein ... Flavières fühlte Schadenfreude.

Als er sich gerade setzen wollte, kam Gévigne schon zurück. Er schlug Flavières im Vorbeigehen auf die Schulter.

«Du hast es eigentlich gut», sagte er lachend. «Ich würde auch gern meine Nachmittage mit einer hübschen Frau verbringen. Vor allem mit meiner eigenen ... Wenn ich so weitermache, bin ich bald am Ende.» Er ließ sich schwer in seinen

Schreibtischsessel fallen und wandte sich Flavières zu. «Was gibt's?»

«Immer noch nichts Konkretes. Vorgestern waren wir im Louvre. Gestern hab ich sie nicht gesehen. Ich hab auf einen Anruf gewartet. Du kannst mir glauben, dieses Warten ...»

«Du mußt dir keine Sorgen machen», sagte Gévigne. «Madeleine ging es nicht besonders. Als ich eben nach Hause kam, lag sie noch im Bett. Morgen ist sie wieder in Ordnung. Ich kenne das.»

«Hat sie dir von ihrem Spaziergang erzählt?»

«Ja, ganz kurz. Sie hat mir ein paar Kleinigkeiten gezeigt, die sie sich gekauft hat – ein Feuerzeug, glaub ich ... Ich hatte den Eindruck, daß es ihr gutging.»

«Um so besser. Das freut mich.» Flavières schlug die Beine übereinander und machte es sich in seinem Sessel bequem. Na, das war ja noch einmal gutgegangen! «Sag mal», fuhr er fort, «hältst du es wirklich für nötig, daß ich mich weiter um Madeleine kümmere?»

«Was soll das heißen? Willst du mich etwa im Stich lassen? Das geht nicht! Du hast doch selbst gesehen, was passieren kann.»

«Ja, ja ...» sagte Flavières gedehnt. «Aber ... Sieh mal ... Es ist mir peinlich, deine Frau überallhin zu begleiten ... Versuch doch, mich zu verstehen! Es sieht so aus, als ob ich ... Ich will das nicht. Es ist einfach nicht fair.»

Gévigne spielte mit einem Brieföffner. Er bog die Klinge und ließ sie dann wieder hochschnellen. «Glaubst du etwa», brummte er, «daß mir das Ganze Spaß macht? Ich finde es anständig von dir, daß du so denkst, aber wir haben keine andere Wahl. Wenn ich mal mehr Zeit habe für Madeleine, werd ich versuchen, allein zurechtzukommen. Bis ich soweit bin, brauche ich dich. Im Moment ersticke ich in Arbeit.»

Er ließ den Brieföffner fallen und verschränkte die Arme. Sein Hals versank zwischen den Schultern. Er sah Flavières eindringlich an.

«Noch zwei Wochen, alter Freund ... Höchstens drei. Mit

Unterstützung des Ministeriums werde ich meine Werft weiter ausbauen können. Dann werde ich ständig in Le Havre sein müssen. Wenn das klappt – was ich hoffe –, kann ich Madeleine mit nach dort nehmen. Bis es soweit ist, kümmere dich um sie ... Ich verstehe sehr gut, was das für dich bedeutet. Ich weiß, was ich dir da aufgeladen habe. Aber ich muß in diesen vierzehn Tagen einen klaren Kopf haben.»

Flavières gab sich unentschlossen. «Wenn es wirklich nur zwei Wochen sind ...»

«Das verspreche ich dir.»

«Na gut. Ich bin froh, daß du jetzt weißt, wie ich darüber denke. Ich finde diese Spaziergänge nicht richtig. Ich bin schließlich ein Mann, und ich habe eine lebhafte Phantasie ... Du siehst, ich mache dir nichts vor.»

Gévignes Gesicht hatte bisher einen harten Ausdruck gehabt – wahrscheinlich war es sein Aufsichtsratsgesicht. Aber jetzt lächelte er. «Ich danke dir! So was wie dich findet man heuzutage nicht oft ... Aber das Wichtigste im Augenblick ist Madeleines Sicherheit.»

«Hast du Angst? Gibt es da einen besonderen Grund?»

«Nein.»

«Hast du schon einmal darüber nachgedacht, daß deine Frau es noch mal versuchen könnte? Und ich nicht rechtzeitig ...?

«Ja, daran habe ich auch gedacht.» Er schlug die Augen nieder und knetete wieder seine Hände. «Es wird nichts passieren», sagte er leise. «Und wenn doch, dann kannst du mir wenigstens sagen, wie es geschehen ist ... Was ich nicht ertrage, ist die Ungewißheit. Mir wär's lieber, Madeleine wäre wirklich krank; dann könnte sie von einem guten Chirurgen ... Mein Gott – dann wüßte ich wenigstens, woran ich bin! Aber diese Ungewißheit ... Du siehst aus, als ob du mich nicht verstehst.»

«O doch.»

«Und?»

«Ich werde immer in ihrer Nähe sein ... Hab keine Angst – weißt du zufällig, ob sie schon einmal in Saintes war?»

«In Saintes?» fragte Gévigne verdutzt. «Sicher nicht ... Wie kommst du darauf?»

«Sie hat mir von Saintes erzählt, als ob sie dort gelebt hätte.»

«Mach keine Witze!»

«Hat sie auch keine Fotos von der Stadt gesehen?»

«Bestimmt nicht. Wir waren nie dort. Wir haben nicht mal einen Reiseführer von dieser Gegend.»

«Und Pauline Lagerlac? Hat sie in Saintes gelebt?»

«Keine Ahnung. Woher soll ich das wissen?»

«Lagerlac, das ist ein Name aus der Gegend: Cognac, Chermignac, Gemozac ... Ich könnte dir noch ein paar aufzählen.»

«Ja, vielleicht. Aber ich sehe da keine Verbindung.»

«Die liegt doch auf der Hand: Deine Frau hat mir eine Stadt mit Umgebung beschrieben, die sie nie gesehen hat. Aber Pauline Lagerlac hat sich wahrscheinlich dort gut ausgekannt ... Es kommt noch besser: Sie hat mir die Arena beschrieben, wie sie vor hundert Jahren war, nicht wie sie heute aussieht.»

Gévigne hob die Augenbrauen. Er verstand nicht. «Was willst du damit sagen?»

«Nichts», sagte Flavières, «noch nichts ... Es wäre zu phantastisch. Pauline und Madeleine ...»

«Ich bitte dich! Wir leben im zwanzigsten Jahrhundert! Du willst doch nicht behaupten, daß Pauline und Madeleine ... Was immer Madeleine von ihrer Urgroßmutter weiß, woher auch immer sie es weiß – es hat sie offenbar ein bißchen verwirrt. Deshalb habe ich dich ja gebeten, mir zu helfen. Wenn ich geahnt hätte, daß du ...»

«Ich habe dir ja vorgeschlagen, nicht mehr zu kommen.» Flavières spürte, wie die Spannung zwischen ihnen wuchs. Er schwieg eine Weile, dann stand er auf. «Ich habe dich schon genug Zeit gekostet ...»

Gévigne schüttelte den Kopf. «Zeit ist unwichtig. Es geht um Madeleine ... Es ist mir egal, ob sie krank, verrückt oder besessen ist. Sie soll nur bei mir bleiben!»

«Will sie heute ausgehen?»

«Nein.»

«Wann?»

«Morgen wahrscheinlich ... Heute werde ich das tun, wozu du mir geraten hast. Ich werde heute nur für sie da sein.»

Flavières verzog keine Miene. Er spürte plötzlich Haß gegen Gévigne. Dieser widerliche Kerl, dachte er; er ekelt mich an ... «Morgen?» fragte er. «Da hab ich, so viel ich weiß, mehrere Termine.»

Gévigne erhob sich nun auch, ging um den Schreibtisch herum und schob seinen Arm unter den von Flavières.

«Entschuldige!» seufzte er. «Ich bin so nervös ... Aber ich kann nichts dafür. Du bringst mich noch um meinen Verstand mit deinen Geschichten. Hör zu: Ich muß heute mit Madeleine über Le Havre reden. Ich habe keine Ahnung, wie sie darauf reagieren wird, aber ich muß es tun ... Und du mußt dich morgen freimachen und etwas mit ihr unternehmen. Ich verlasse mich auf dich! Und morgen abend rufst du mich an oder kommst hier bei mir vorbei und erzählst mir, wie sie war ... Dein Urteil ist mir sehr wichtig. – Einverstanden?»

Gévigne hatte mit großem Ernst gesprochen, nachdrücklich, bewegt – Flavières dachte, das paßt eigentlich nicht zu ihm ... «Also gut», sagte er schließlich.

Aber er bereute sofort, daß er so schnell zugesagt hatte. Dadurch hatte er sich Gévigne ausgeliefert. So war es immer. Das geringste Zeichen von Liebenswürdigkeit und Entgegenkommen brach sofort seinen Widerstand.

«Danke! Ich werde nicht vergessen, was du für mich getan hast!»

«Ich verschwinde», murmelte Flavières beschämt. Er hatte plötzlich Gewissensbisse. «Bemüh dich nicht; ich kenne den Weg.»

Die Stunden flossen träge dahin, leer und voll von tödlicher Langeweile. Wenn er an Madeleine dachte, sah er immer Gévigne neben ihr. Dann überfiel ihn eine brennende Eifersucht. Was war er bloß für ein Mensch! Er verriet Madeleine. Er verriet Gévigne. Er war krank vor Eifersucht, Zorn, Neid und Verzweiflung. Und trotzdem hatte er keine Schuldgefühle. Er war ja immer aufrichtig gewesen!

Er hatte sich durch den Tag geschleppt. Es war Abend geworden. Flavières wanderte ziellos durch die Stadt. Er wurde hin und her gerissen zwischen Selbstvorwürfen und Verzweiflung. Erschöpft setzte er sich auf eine Bank. Was sollte werden, wenn Madeleine Paris verließ? Mußte er das nicht verhindern? Aber wie?

Er landete schließlich in einem Kino im Zentrum der Stadt und sah sich zerstreut die Wochenschau an. Immer nur Truppenaufmärsche, Paraden, Einquartierungen und Manöver. Die Zuschauer um ihn herum lutschten genüßlich Bonbons. Der Krieg interessierte niemanden. Jeder wußte nur zu gut, daß die Deutschen erledigt waren! Flavières döste vor sich hin wie ein einsamer Reisender in einem Wartesaal. Er verließ das Kino, bevor der Film zu Ende war, weil er Angst hatte, einzuschlafen. Der Nacken tat ihm weh, seine Augen brannten. Langsam ging er durch die sternklare Nacht nach Hause. Er begegnete einem Mann mit Helm und Trillerpfeife, der hinter vorgehaltener Hand in einem Eingang rauchte. Alarm war nicht zu erwarten. Dazu hätten die Deutschen eine starke Luftwaffe haben müssen, aber davon waren sie weit entfernt.

Er streckte sich auf seinem Bett aus, zündete sich eine Zigarette an. Der Schlaf überfiel ihn so plötzlich, daß er sich nicht einmal mehr auszog. Es war wie in einer Narkose. Er konnte sich nicht mehr rühren; er wurde langsam starr wie die Statuen im Louvre ... Madeleine ...

Plötzlich riß es ihn hoch. Sein Verstand war hellwach. Er erkannte sofort das Geräusch. Sirenen! Sie heulten alle gleichzeitig von den Dächern. Die dunkle Stadt war wie ein Dampfer, dessen Passagiere man in aller Eile in die Rettungsboote verfrachtet. Türen schlugen im Haus. Eilige Schritte. Flavières knipste die Nachttischlampe an: Drei Uhr ... Er drehte sich auf die andere Seite und schlief wieder ein.

Um acht Uhr schaltete er gähnend das Radio ein. Die deutsche Offensive hatte begonnen.

Er fühlte sich irgendwie erleichtert. Endlich war wirklich Krieg! Er konnte seine eigenen Kümmernisse vergessen. Er würde mit den anderen die Ängste teilen. Die Sorge um das Vaterland würde sie alle zusammenführen. Die Ereignisse würden so oder so über sein Schicksal entscheiden, ihm die eigene Entscheidung abnehmen, die zu treffen er nicht den Mut hatte. Der Krieg kam ihm zu Hilfe. Er brauchte sich nur von ihm treiben zu lassen. Seine Lebensgeister erwachten wieder. Er hatte Hunger. Alle Müdigkeit war plötzlich verflogen. Madeleine rief an. Sie erwartete ihn um zwei Uhr.

Er arbeitete den ganzen Vormittag, empfing Klienten, führte Telefongespräche. Bei allen Menschen, mit denen er zu tun hatte, spürte er die gleiche Spannung. Aber es gab keine Neuigkeiten. Die Presse, der Rundfunk sprachen von anfänglichen Erfolgen. Keine genauen Angaben. Aber das war ganz normal.

Er aß mit einem Kollegen in der Nähe des Palais de Justice zu Mittag. Sie unterhielten sich lange, fast ausschließlich über den Krieg. Menschen, die sich vorher nie gesehen hatten, diskutierten miteinander, breiteten Karten von Frankreich auf den Tischen aus. Flavières genoß mit allen Fasern diese prickelnde Atmosphäre, das Kommen und Gehen, dieses Durcheinander. Er hatte gerade noch Zeit, zu seinem Simca zu laufen und zur place de l'Étoile zu fahren.

Madeleine wartete schon. Warum hatte sie wieder das braune Kleid an, das sie damals an der Seine trug?

Flavières hielt Madeleines Hand eine Weile fest. «Ich habe mir solche Sorgen um Sie gemacht? Ich bin fast gestorben», sagte er.

«Es ging mir nicht besonders. Verzeihen Sie ... Darf ich fahren?»

«Gern. Ich bin schrecklich nervös, seit ich das heute morgen gehört habe. Sie sind einmarschiert. Wissen Sie's schon?»

«Ja.»

Sie bog in die avenue Victor-Hugo ein. Flavières merkte sofort, daß sie noch nicht wieder ganz auf dem Posten war. Sie schaltete hart, bremste abrupt, fuhr mit quietschenden Reifen wieder an.

«Ich will so schnell wie möglich raus aus Paris», erklärte sie. «Vielleicht ist das unser letzter Nachmittag.»

«Wieso?»

«Wer weiß, wie sich alles entwickelt. Ich bin nicht sicher, daß ich in Paris bleibe.»

Gévigne hatte also mit ihr gesprochen. Vielleicht hatten sie sich gestritten. Flavières schwieg, um sie nicht zu irritieren, obwohl die Straße wenig befahren war. Sie fuhren durch die porte de la Muette und erreichten den Bois de Boulogne.

«Warum verlassen Sie Paris? Daß wir bombardiert werden, halte ich für ausgeschlossen. Und die Deutschen werden es diesmal nicht bis zur Marne schaffen.»

Als sie nicht antwortete, wurde er eindringlicher.

«Ist es wegen ... Ist es meinetwegen? Ich will Ihr Leben nicht durcheinanderbringen, Madeleine. Ich möchte nur sicher sein, daß Sie nie wieder solche Abschiedsbriefe schreiben wie damals ... Verstehen Sie?»

Sie preßte die Lippen aufeinander, konzentrierte sich darauf, einen Militärlastwagen zu überholen. Die Rennbahn von Longchamp wirkte wie eine riesige Weide; nur die Schafe fehlten. Die Brücke von Suresnes war verstopft. Sie mußten Schritt fahren.

«Wir wollen nicht mehr darüber reden», sagte sie leise. «Können wir nicht für ein paar Stunden den Krieg vergessen, das ganze Leben?»

«Sie sind traurig, Madeleine. Was haben Sie?»

«Ich bin nicht traurig.»

Sie lächelte melancholisch und tapfer. Flavières schnürte es die Kehle zu.

«Ich bin wie immer», fuhr sie fort. «Bestimmt! Ich habe das Leben noch nie so genossen wie heute. Finden Sie es nicht auch schön, so einfach ins Blaue zu fahren, irgendwohin, die erstbeste Straße zu nehmen, ohne nachzudenken? Ach, wie schön wäre das, wenn ich nicht mehr denken müßte! Warum sind wir nicht wie die Tiere?»

«Das ist doch Unsinn!»

«O nein ... Die Tiere haben es gut. Sie fressen, sie schlafen, tun nichts Böses. Sie haben keine Vergangenheit, keine Zukunft.»

«Eine komische Philosophie.»

«Ich weiß nicht, ob das eine Philosophie ist. Auf jeden Fall beneide ich sie.»

Über eine Stunde sprachen sie kaum ein Wort. In Bougival erreichten sie wieder die Seine. Ein paar Kilometer führte die Straße am Ufer entlang. Das Schloß von Saint-Germain kam in Sicht. Madeleine war sehr schnell durch den Wald gefahren, hatte die Geschwindigkeit durch Poissy etwas gedrosselt und war dann im gleichen Tempo wie vorher davongebraust, immer geradeaus, den Blick starr auf die Straße gerichtet. Kurz hinter Meulan nahm ein Holzfuhrwerk die ganze Fahrbahn ein; Madeleine war in letzter Sekunde in eine Seitenstraße ausgewichen.

Flavières sah verstohlen auf seine Armbanduhr. Bald würden sie den Wagen irgendwo abstellen und zu Fuß weitergehen. Dann wollte er sie fragen, was sie bedrückte. Vielleicht hat sie früher einmal etwas getan, dachte er, weswegen sie sich jetzt Vorwürfe macht. Und sie wird allein nicht damit fertig. Vielleicht hatte sie nie den Mut, sich ihrem Mann anzuvertrauen ... Je länger er sich mit dieser Theorie beschäftigte, desto wahrscheinlicher erschien sie ihm. Madeleines Verhalten konnte sehr wohl als Folge von Schuldgefühlen gedeutet werden. Aber was konnte sie getan haben? Es mußte etwas Schreckliches sein.

«Kennen Sie die Kirche?» fragte Madeleine plötzlich. «Wo sind wir hier eigentlich?»

«Wie bitte?» Sie hatte ihn aus seinen Gedanken gerissen. «Ob ich die Kirche ...? Nein. Ich war noch nie hier. Ich habe keine Ahnung ... Wollen Sie anhalten? Es ist schon halb vier.»

Sie hielten auf einem verlassenen Kirchplatz. Hinter den Bäumen, die den Platz säumten, sah man, etwas tiefer gelegen, graue Dächer.

«Komisch», sagte Madeleine. «Ein Teil ist romanisch, der Rest neugotisch. Schön ist sie gerade nicht.»

«Der Turm ist zu hoch», stellte Flavières fest. Er stieß die Tür auf. Ein Schild über dem Weihwasserbecken machte ihn neugierig.

Da ich mehrere Gemeinden zu betreuen habe, wird die Hl. Messe nur sonntags um 11 Uhr gefeiert. – Pfarrer Gratien.

«Deshalb sieht alles so verlassen aus», flüsterte Madeleine.

Zögernd betraten sie die Kirche. Im Innern strohbespannte Stühle. Draußen, ganz in der Nähe, hörten sie Hühnergackern. Die Farbe war von den Heiligenbildern abgeblättert. Eine Wespe summte um den Altar. Madeleine bekreuzigte sich und kniete auf einem staubigen Betschemel nieder. Flavières blieb neben ihr stehen. Er wagte nicht, sich zu rühren. Was ging in ihr vor? Fürchtete sie, dafür bestraft zu werden, weil sie versucht hatte, sich das Leben zu nehmen? Er mußte sich Klarheit verschaffen.

«Madeleine», sagte er leise, «glauben Sie an Gott?»

Sie sah zu ihm auf. Sie war so bleich, daß er erschrak.

«Was ist mit Ihnen? ... Madeleine, so antworten Sie doch!»

«Es ist nichts», seufzte sie. «Ja, ich glaube an Gott. Ich muß einfach glauben, daß wir weiterleben nach dem Tod. Deshalb ist ja alles so schwer.» Sie verbarg ihr Gesicht in den Händen. Lange kniete sie so.

«Gehen wir», sagte sie schließlich. Sie stand auf, bekreuzigte sich zum Altar hin. Flavières nahm sie beim Arm.

«Ja, es ist besser, wir gehen. Ich ertrage es nicht, Sie so leiden zu sehen.»

«Die frische Luft wird mir guttun.»

Sie kamen an einem wackligen Beichtstuhl vorbei. Flavières hätte Madeleine gern hineingeschoben. Beichten müßte sie. Priester können vergessen. Er hätte es nicht verkraftet, wenn sie sich ihm anvertraut hätte. Er hörte, wie sie im Halbdunkel nach einer Türklinke tastete. Die Tür öffnete sich. Sie führte zu einer Wendeltreppe.

«Das ist die falsche Tür, Madeleine; Sie wollen doch nicht auf den Turm.»

«Doch. Ich möchte so gern mal von oben runterschauen.» Schon war sie auf der Treppe.

Er mußte ihr folgen. Widerwillig stieg er die ersten Stufen hoch; er klammerte sich krampfhaft an das speckige Seil, das als Geländer diente.

«Madeleine ... Nicht so schnell!»

Seine Stimme dröhnte, wurde in den engen Mauern vielfach zurückgeworfen. Madeleine antwortete nicht, aber er hörte das Klappern ihrer Absätze auf den Stufen. Er erreichte einen Treppenabsatz. Durch eine Öffnung in der Mauer sah er das Dach des Simca und hinter einer Pappelwand ein Feld, auf dem Frauen arbeiteten. Ihm wurde schwindlig, aber es ging gleich wieder vorüber. Er trat von der Öffnung zurück und machte sich – diesmal langsamer – an den Aufstieg.

«Madeleine ... Warten Sie!»

Er keuchte. Seine Schläfen hämmerten. Seine Beine wollten ihm nicht mehr gehorchen. Noch ein Absatz. Er hielt sich die Augen zu, weil er nicht in die Tiefe sehen wollte. Aber er fühlte sie auch so, links neben sich, in dem Schacht, in dem die Glockenseile hingen. Krähen flogen krächzend um die sonnenwarmen Steine. Nie würde er es schaffen, wieder heil nach unten zu kommen.

«Madeleine!»

Seine Stimme klang heiser. Er war den Tränen nah, wie ein Kind im Dunkeln. Die Stufen wurden höher und waren zur Mitte hin stärker ausgetreten. Aus der dritten Öffnung über seinem Kopf fiel schwaches Tageslicht. Unter ihm lauerte der Abgrund. Wieder ein Treppenabsatz. Diesmal würde er sich nicht zwingen können, nicht hinunterzusehen ... Tief unter ihm Baumwipfel. Der Simca, ein winziger Punkt und der Wind hier oben ... Noch einen Schritt, zwei Schritte. Er stieß gegen eine Tür. Die Treppe führte auf der anderen Seite bis in die Turmspitze. Die Tür war abgeschlossen.

«Madeleine ... Machen Sie auf!» Er drückte ein paarmal die Klinke herunter, schlug mit den Fäusten gegen das Holz. Warum hatte sie die Tür abgeschlossen?

«Nein!» schrie er. «Nein, Madeleine – tun Sie's nicht! Hören Sie ...»

Die Glocken hallten über ihm. Sie warfen seine Stimme mit einem metallischen Klang zurück, wiederholten feierlich das HÖREN SIE. Sein Blick wanderte angstvoll zu der Öffnung. Die Tür teilte sie in zwei Teile. Sollte er versuchen, sich um die Tür herumzuwinden? Es mußte möglich sein; ein schmaler Sims lief um den Turm ... Er keuchte und starrte fasziniert auf diesen Sims, von dem man einen phantastischen Blick auf das dunstige Blau der Landschaft haben mußte. Vielleicht hätte ein anderer es geschafft, hinüberzuklettern – er nicht! Er würde abstürzen ... zerschmettert unten liegen ... Oh, Madeleine! Er brüllte in seinem steinernen Käfig. Madeleines Schrei antwortete ihm. Ein Schatten huschte an der Öffnung vorbei abwärts. Ein kurzer, dumpfer Aufprall.

Schweiß rann ihm übers Gesicht. Mit sterbender Stimme wiederholte er immer wieder: «Madeleine ... Madeleine ... Nein!» Er mußte sich setzen. Ihm war sterbenselend.

Nach einer Weile schleppte er sich von Stufe zu Stufe nach unten. Er stöhnte vor Entsetzen und Verzweiflung. Auf dem ersten Absatz rutschte er auf den Knien zur Öffnung. Unter ihm, links vom Turm, lag ein alter Friedhof. Direkt neben der Mauer sah er braune Kleidungsstücke. Er rieb sich die Augen, weil er es genau sehen wollte. Auf den Steinen Blut. Eine schwarze Handtasche, die aufgegangen war. Das goldene Feuerzeug glänzte zwischen allerlei Kleinkram ... Flavières weinte. Er kam nicht einmal auf den Gedanken, hinunterzusteigen, um ihr zu helfen.

Sie war tot, und er war mit ihr gestorben.

6

Flavières betrachtete die Tote aus einiger Entfernung. Er war um die Kirche herumgegangen, über den Friedhof, und jetzt wagte er nicht, noch einen Schritt weiterzugehen. Ihm fielen Madeleines Worte ein: *Es tut nicht weh* ... Verzweifelt klammerte er sich an diesen Gedanken: Sie hat nicht leiden müssen. Damals hatte man ihm das auch von Leriche gesagt.

Als Leriche zerschmettert auf dem Bürgersteig lag, hatte Flavières das Bewußtsein verloren. Er hatte die Reste seines Kollegen im Krankenhaus gesehen. Er hatte den medizinischen Bericht gelesen ... Der Turm war viel höher als das Haus, von dem Leriche abgestürzt war. Er stellte sich den furchtbaren Aufprall vor, eine Art Explosion, bei der das Bewußtsein in tausend und abertausend winzige Scherben zersplittert.

Es war nicht mehr viel da von Madeleine, außer diesem reglosen Ding am Fuß der Mauer. Vorsichtig ging er ein paar Schritte näher. Er zwang sich, hinzusehen, zu leiden. Ihn allein traf die Schuld. Durch Tränen sah er die Leiche mitten in den plattgewalzten Brennesseln. Die schönen Haare mit dem Mahagoniglanz waren von Blut durchtränkt und bedeckten den Nakken. An einer Hand, sie war weiß wie Kreide, glänzte der Ehering, und zwischen all den Dingen, die aus der Handtasche gefallen waren, das Feuerzeug. Er hob es auf. Wie gern hätte er ihr den Ring vom Finger genommen und sich angesteckt! Aber er hatte nicht den Mut dazu.

Arme kleine Eurydike! Nie wieder würde sie aus der Unterwelt aufsteigen, in die es sie gezogen hatte!

Langsam wich er zurück, Schritt für Schritt, als ob er sie ermordet hätte. Er konnte den Blick nicht abwenden. Plötzlich überfiel ihn die Angst vor dem, was von Madeleine noch übrig war. Er floh zwischen die Gräber, seine Finger umklammerten das Feuerzeug. Er war Madeleine am ersten Tag auf einen Friedhof gefolgt, und auf einem Friedhof nahm er Abschied von ihr. Das war das Ende. Niemand würde je erfahren, daß er hier war, daß er nicht den Mut gehabt hatte, auf den Sims am Turm zu klettern.

Er erreichte den Kirchplatz und setzte sich in seinen Wagen. Als er sein Gesicht im Rückspiegel sah, erschrak er vor sich selbst. Wie sollte er weiterleben? Es würde die Hölle sein!

Lange fuhr er ziellos durch die Gegend. Er hatte sich total verfahren. Um so erstaunter war er, als er den Bahnhof von Pontoise erkannte. Dann kam er an einer Polizeistation vorbei. Sollte er die Polizei alarmieren? Sich stellen? Er hatte nichts Kriminelles getan. Sie würden ihn für verrückt halten. Was sollte er tun? Sich eine Kugel in den Schädel jagen? Das konnte er nicht. Ihm fehlte die Kraft dazu. Er mußte sich eingestehen, daß er ein Feigling war. Seine Schwäche war keine Entschuldigung. Er hätte nur *wollen* müssen ... Wie recht Madeleine doch hatte: Ein Tier müßte man sein, friedlich wiederkäuend auf der Weide liegen, bis man zum Schlachthof gebracht wird.

Er erreichte Paris kurz nach sechs. Er mußte Gévigne Bericht erstatten. Er hielt vor einem Café auf dem boulevard Malesherbes, ging auf die Toilette, wusch sich das Gesicht mit seinem Taschentuch und kämmte sich. Dann rief er Gévignes Büro an. Eine unbekannte Stimme teilte ihm mit, daß Gévigne nicht da sei und daß er heute wahrscheinlich auch nicht mehr ins Büro kommen werde.

Flavières bestellte einen Cognac und trank ihn an der Theke. Er hatte das Gefühl, betrunken zu sein vor lauter Seelenqual. Er kam sich vor wie in einem Aquarium. Die Gesichter der Menschen zogen an ihm vorbei wie Fische. Noch einen Cognac. Von Zeit zu Zeit sagte er sich: *Madeleine ist tot!* Und er war nicht einmal überrascht. Er hatte immer gewußt, daß es so kommen mußte, daß er sie verlieren würde. Er hatte die Kraft, die Energie nicht aufbringen können, sie für das Leben zurückzugewinnen.

«Garçon, noch mal dasselbe!»

Einmal hatte er sie gerettet – konnte man mehr von ihm verlangen? Nein, ihn traf keine Schuld. Auch wenn er es gewagt hätte, über den Sims zu klettern, wäre er zu spät gekommen. Sie *wollte* sterben ... Gévigne hatte eben den Falschen engagiert – basta! Er hätte sich einen charmanten Strahlemann aussuchen sollen! Statt dessen hatte er einen Feigling engagiert, der immer nur mit sich selbst beschäftigt war und von seiner Vergangenheit nicht loskam ...

Flavières bezahlte und ging. O Gott, war er müde! Langsam fuhr er zum Étoile. Seine Hände lagen auf dem Steuer, das ihre Hände vor ein paar Stunden umfaßt hatten. Was hätte er darum gegeben, wenn er Madeleines Gedanken gekannt hätte, ihre

Ängste und Sorgen! Oder den Grund für ihre Teilnahmslosigkeit. Sie war, ohne zu zögern, aus dem Leben gegangen. Sie war mit ausgebreiteten Armen gefallen, als ob sie die Erde umfangen, in ihr versinken wollte. Sie war nicht geflohen, sie war zurückgekehrt. Er hatte das Gefühl, daß sie sich vor ihm versteckt hatte.

Er hätte nicht trinken dürfen. Die Luft, die durch das offene Fenster strömte, wirbelte seine Gedanken durcheinander, ließ sie aufflattern wie die Papierschnipsel von einem zerrissenen Brief. Er bog in die avenue Kléber ein und parkte den Simca hinter dem großen schwarzen Wagen von Gévigne. Er fürchtete Gévigne nicht mehr. Das war das letzte Mal, daß er mit ihm zu tun haben würde. Er stieg die pompöse Treppe hinauf. Roter Teppich auf weißem Stein. Gévignes Namensschild glänzte neben der großen Flügeltür. Flavières läutete und nahm seinen Hut ab. Er gab sich demütig.

«Monsieur Gévigne, bitte. Ich bin Maître Flavières.»

Madeleines Wohnung... Sein Blick umfing die Möbel, die Tapeten, die vielen Kleinigkeiten. Und er nahm Abschied davon. Die Bilder im Salon beunruhigten ihn. Sie waren fremd und seltsam. Fast ausschließlich Tiere. Ein Einhorn, Störche, Paradiesvögel. Sie erinnerten ihn vom Stil her an Rousseau; Flavières sah sie sich aus der Nähe an. Sie waren signiert: *Mad. Gév.*... Waren das die Gäste aus dem ‹anderen Land›? Wo hatte sie diesen schwarzen Teich gesehen mit den Seerosen, die aussahen wie mit Gift gefüllte Schalen? Woher kannte sie den Wald, der mit seinen Stämmen und Lianen wie ein Schutzwall den Tanz der Kolibris bewachte? Über dem Kamin hing das Porträt einer jungen Frau mit einem Kollier aus länglichen gelben Perlen. Das Porträt von Pauline Lagerlac. Die Haare trug sie wie Madeleine. Es war ein kummervolles Gesicht, das so abwesend wirkte, daß es den Betrachter bedrückte; das Gesicht eines Menschen, der in ständigem Zwiespalt gelebt hat... Da öffnete sich eine Tür hinter ihm.

«Endlich!» rief Gévigne.

Flavières drehte sich um und brachte mühsam hervor: «Ist sie hier?»

«Wie bitte? Du mußt doch wissen, wo sie ist!»

Flavières setzte sich müde in einen Sessel. Er brauchte sich keine Mühe zu geben, um erschöpft zu wirken.

«Ich war nicht mit ihr zusammen», sagte er leise. «Ich habe bis vier Uhr am Étoile auf sie gewartet. Danach hab ich im Hotel in der rue des Saints-Pères nach ihr gefragt. Auf dem Friedhof Passy war sie auch nicht ... Ich bin eben zurückgekommen. Wenn sie nicht hier ist, dann ...» Er sah zu Gévigne auf.

Der war aschgrau und starrte ihn mit offenem Mund an, als ob er stranguliert würde. «Aber nein», stammelte er, «nein, Roger ... Das ist doch nicht möglich! Du kannst doch nicht ...»

Flavières breitete die Arme aus. «So glaub mir doch! Ich hab sie überall gesucht.»

«Das ist nicht möglich!» rief Gévigne. «Weißt du, was das bedeutet?» Er stampfte mit dem Fuß auf, rang die Hände. Schließlich ließ er sich auf ein Sofa fallen. «Wir müssen sie finden!» keuchte er. «Sofort! Ich könnte es nicht ertragen ...» Er schlug mit seinen Fäusten auf die Armelhne. Seine Verzweiflung hatte sich in Wut verwandelt.

Nun wurde auch Flavières zornig. «Wenn eine Frau durchbrennen will», sagte er bissig, «dürfte es schwierig sein, sie daran zu hindern.»

«Durchbrennen! Als ob Madeleine ... Wenn sie es nur getan hätte! Aber jetzt ist sie vielleicht schon ...» Er stand auf, warf dabei einen kleinen Tisch um und stützte sich mit beiden Armen an der Wand ab. Er stand da wie ein abwehrbereiter Ringkämpfer. «Was können wir denn tun?» fragte er. «Du mußt das doch wissen! Sollen wir die Polizei verständigen? – Mein Gott, so sag doch was!»

«Die lachen uns aus», knurrte Flavières. «Wenn deine Frau seit zwei oder drei Tagen verschwunden wäre – ja, dann!»

«Aber wenn du hingehst, Roger? Dich kennen sie doch ... Wenn du ihnen sagst, daß Madeleine schon einen Selbstmordversuch gemacht hat, daß du sie aus der Seine geholt hast ... Dir werden sie doch glauben, daß sie es heute vielleicht noch einmal versucht hat.»

«Noch ist ja nichts verloren», sagte Flavières gereizt. «Sicher ist sie zum Abendessen zurück.»

«Und wenn sie nicht zurück ist?»

«Dann ist es nicht meine Sache, etwas zu unternehmen.»

«Du willst damit sagen, du wäschst deine Hände in Unschuld.»

«Aber nein. Nur ... Versuch doch, mich zu verstehen ... Du bist ihr Mann. Du mußt zur Polizei gehen.»

«Gut. Ich gehe gleich.»

«Das ist idiotisch. Keiner wird einen Finger krumm machen. Sie werden die Personenbeschreibung aufnehmen, sie werden dir versprechen, alles Notwendige zu unternehmen, und dann warten sie ab ... So ist das eben.»

Gévigne stieß die Hände in die Hosentaschen. «Das Warten macht mich wahnsinnig!» schimpfte er. Er ging ein paar Schritte, blieb vor einem Rosenstrauß auf dem Kaminsims stehen und betrachtete ihn düster.

«Ich muß gehen», sagte Flavières.

Gévigne rührte sich nicht. Er starrte auf die Blumen. Ein Muskel an seinem Unterkiefer arbeitete.

«An deiner Stelle», fuhr Flavières fort, «würde ich mich nicht so verrückt machen. Es ist noch nicht einmal sieben. Vielleicht hat sie sich beim Einkaufen verspätet oder jemanden getroffen.»

«Mit anderen Worten – Dir ist das alles scheißegal!»

«Blödsinn ... Nehmen wir doch mal an, sie ist wirklich durchgebrannt: Dann kann sie nicht weit sein ...»

Er setzte Gévigne geduldig auseinander, welche Mittel die Polizei hat, um eine vermißte Person wiederzufinden. Trotz seiner Erschöpfung legte er sich ins Zeug; es schien ihm plötzlich möglich, daß Madeleine nicht wirklich gestorben war. Zugleich hätte er sich am liebsten zu Boden fallen lassen, um seine eigene Verzweiflung herauszuschreien.

Gévigne stand immer noch reglos vor dem Blumenstrauß. Er schien zu träumen.

«Wenn sie zurück ist», schlug Flavières vor, «ruf mich an.» Er ging zur Tür. Er konnte nicht länger Theater spielen.

«Bleib hier», sagte Gévigne leise.

«Hör mal, ich würde ja gern ... Wirklich! Aber du ahnst ja nicht, was sich inzwischen an Arbeit angehäuft hat ... Zehn Fälle liegen auf meinem Schreibtisch.»

«Bleib!» flehte Gévigne. «Ich will nicht allein sein, wenn man sie bringt.»

«Paul, sieh mal ... Sei doch vernünftig!»

Gévignes Starrheit war furchterregend. «Wenn du hierbleibst, dann kannst du ihnen erklären ... Dann kannst du ihnen sagen, daß wir alles versucht haben, wir beide.»

«Ja, sicher haben wir das. Aber niemand wird sie bringen. Glaub mir doch ...» Flavières versagte die Stimme. Er hielt sein Taschentuch vor den Mund, hustete, putzte sich die Nase. «Na, komm schon, Paul! Alles wird gut werden ... Ruf mich an.»

Die Hand auf der Türklinke, blieb er noch einmal stehen. Gévigne stand noch immer da wie eine Salzsäule, ein Bild der Verzweiflung. Flavières ging. Er schloß leise die Tür und durchquerte das Vorzimmer auf Zehenspitzen.

Er fühlte sich hundeelend. Gleichzeitig war er aber erleichtert, weil er das Schlimmste hinter sich gebracht hatte. Er würde nie wieder etwas mit Gévigne zu tun haben ... Und Gévignes Schmerz?

Er selbst litt viel mehr. Er stieg in seinen Wagen und schlug die Tür zu. Von Anfang an hatte er sich als der rechtmäßige Ehemann von Madeleine empfunden. Gévigne war ein Usurpator. Niemand opfert sich für einen Usurpator. Er wird doch nicht der Polizei, den ehemaligen Kollegen, erzählen, daß ein ehemaliger Kollege eine Frau in den Tod springen ließ, weil er nicht den Mut hatte ... Nein! Flavières würde seine Ehre nicht zum zweitenmal aufs Spiel setzen für einen Mann, der ...

Er brauchte jetzt Ruhe, Frieden. Dieser Klient in Orléans – das wäre doch eine Gelegenheit, aus Paris zu verschwinden!

Flavières wußte nicht mehr, wie er mit dem Simca bis zu seiner Garage gekommen war. Er lief ziellos durch die Straßen, auf die der Abend herabsank, ein Abend wie auf dem Land, blau, traurig, ein Kriegsabend. An einer Kreuzung traf er auf eine kleine Menschenansammlung. Die Leute standen dichtgedrängt um ein Auto, auf dessen Dach zwei Matratzen mit Stricken festgemacht waren. Ein Umbruch hatte stattgefunden. Die Welt war aus den Fugen. Das Leben in der Stadt war langsamer geworden; die Nächte dunkel und still, die Plätze fast menschenleer. Die Stille griff ans Herz. Alles erinnerte an den Tod.

Flavières ging in ein kleines Restaurant in der rue Saint-Honoré und wählte einen Tisch in einer Ecke.

«Das Menu oder á la carte?»

«Das Menu.» Er mußte etwas essen. Er mußte weiterleben.

Er tastete in seiner Tasche nach dem Feuerzeug. Madeleines Bild tauchte vor ihm auf. Sie hat mich nicht geliebt, dachte er; sie hat überhaupt niemanden geliebt ...

Gedankenverloren löffelte er seine Suppe. Er war losgelöst von allem. Er würde weiterhin einsam sein, nur seiner Trauer leben, sich harte Prüfungen auferlegen, um sich zu bestrafen. Am liebsten hätte er sich eine Peitsche gekauft und sich jeden Abend ausgepeitscht. Jetzt hatte er allen Grund, sich zu hassen. Es würde lange dauern, bis er wieder Achtung vor sich selbst haben konnte.

«Bei Liège sind sie durchgebrochen», sagte der Kellner. «Scheint, daß die Belgier sich drücken – genau wie vierzehn.»

«Alles Gerüchte», murmelte Flavières.

Liège, Lüttich, Luik, dachte er mechanisch; die Stadt mit den drei Namen ... Die Stadt war weit weg, ganz oben auf der Landkarte. Das ging ihn nichts an. Überhaupt, dieser ganze Krieg ging ihn nichts an. Das Geschehen berührte ihn nicht mehr.

«In der Nähe der place de la Concorde soll eine alte Karre geparkt sein, die ist durchlöchert wie ein Sieb», berichtete der Kellner vertraulich.

«Den nächsten Gang, bitte», sagte Flavières. Warum ließ der Kerl ihn nicht in Ruhe? Die Belgier! Warum nicht die Holländer? Dummkopf!

Der Kellner brachte das Fleisch. Es war zäh, aber er protestierte nicht; er hatte beschlossen, nicht mehr zu protestieren, sondern sich in sein Unglück einzumauern, sich zu quälen. Zum Dessert genehmigte er sich allerdings einen doppelten Cognac.

Danach hob sich langsam der Nebel, der seit Stunden sein Denken eingehüllt hatte. Die Ellbogen auf den Tisch gestützt, zündete er sich mit dem goldenen Feuerzeug eine Zigarette an. Er hatte das Gefühl, daß der Rauch, den er einsog, ein Teil von Madeleine war. Er behielt ihn lange in der Lunge. Er kostete ihn ... Madeleine konnte, bevor sie heiratete, gar keine Schuld auf sich geladen haben. Wie töricht von ihm, so etwas anzunehmen! Gévigne hätte sie nie geheiratet, ohne sich vorher zu informieren. Außerdem wären Madeleines Gewissensbisse etwas spät gekommen. Sie war ja jahrelang normal. Alles mußte Anfang Februar begonnen haben ... Er kannte sich nicht mehr aus.

Flavières betrachtete die winzige Flamme des Feuerzeugs. Dann blies er sie aus. Das Metall war warm in seiner Hand. Was war nur der Grund für Madeleines Veränderung? Er hatte sich zu dumm angestellt. Er hatte immer nach dem Warum gefragt. Aber er würde sich so lange den Kopf zermartern, sich quälen, bis er genug gebüßt hatte. Und eines Tages würde er hinter das Geheimnis Lagerlac kommen. Wie eine Erleuchtung würde es sein ... Er sah sich als Mönch in einer Zelle. Er kniete auf dem blanken Fußboden. An der Wand hing nicht das Kruzifix, sondern das Foto von Madeleine. Das, was auf Gévignes Schreibtisch gestanden hatte ...

Er rieb sich die Augen und verlangte die Rechnung. Zum Teufel! Er durfte nicht aufgeben. Er würde es schon herausfinden ... Und er durfte nicht mit seinem Schicksal hadern. Das gehörte zu der Buße, die er sich auferlegt hatte. – Er zahlte und ging.

Inzwischen war es Nacht geworden. Sie hatte eine glitzernde Flut von Sternen zwischen den Giebeln der Häuser ausgegossen. Manchmal fuhr ein Auto mit verdunkelten Scheinwerfern vorüber. Flavières konnte sich nicht entschließen, nach Hause zu gehen. Er hatte Angst vor dem Telefon, vor der Nachricht, daß sie die Leiche gefunden hatten und er wollte sich schinden, sich fertigmachen. Er war schuld an diesem furchtbaren Unglück ...

Er wanderte ziellos umher, wie durch eine Schlucht. Er schuldete Madeleine diese Totenwache, die er bis zum Morgengrauen halten wollte. Vielleicht brauchte sie seine Gedanken, dort, wo sie jetzt war. Kleine Eurydike ... Seine Augen füllten sich mit Tränen. Er versuchte, sich das Nichts vorzustellen, damit er ihr wenigstens in der ersten Nacht nahe war. Aber ihm fiel nur das Bild einer Totenstadt ein, und die sah so aus wie Paris ohne Licht.

Die Schatten vor ihm verloren sich in dem endlosen Band der Straße. Und der Fluß, der seine schwarzen Fluten an den Ufern entlangschob, hatte keinen Namen. Es tat gut, im Dunkeln umherzuirren. Das Reich der Lebenden war weit weg. Hier gab es nur Tote, einsame Wesen, gejagt von den Schatten vergangener Tage. Sie kamen und gingen. Jeder dachte an sein verlorenes Glück. Manche blieben stehen, beugten sich über das Wasser, andere hasteten durch die Nacht. Vielleicht bereiteten sich alle auf das letzte Gericht vor. Was hatte der Kellner gesagt? *Bei Liège sind sie durchgebrochen ...*

Flavières setzte sich auf eine Bank und legte einen Arm auf die Rückenlehne. Morgen würde er Paris verlassen ... Ihm war schwindlig; er schloß die Augen. Er dachte noch, du Schuft, du schläfst ja ... Er schlief mit offenem Mund, wie ein Clochard auf der Pritsche in einer Polizeistation.

Die Kälte weckte ihn nach einer ganzen Weile. Im rechten Bein hatte er einen Krampf; er stöhnte auf. Zähneklappernd und hinkend ging er davon, mit einem schalen Geschmack auf der Zunge. Der Tag zeichnete die Silhouette der Dächer, ein Gebirge aus Stein, Abhänge, Grate und die bizarren Formen der Schornsteine. Flavières flüchtete sich in ein Café, das gerade aufgemacht hatte.

Das Radio verkündete, die Lage sei verworren, die Infanterie sei dabei, einige Durchbrüche abzuriegeln ... Er aß zwei Croissants, die er in seinen Kaffee tauchte. Dann fuhr er mit der Métro nach Hause.

Kaum hatte er die Wohnungstür hinter sich geschlossen, als das Telefon klingelte.

«Hallo ... Bist du es, Roger?»

«Ja.»

«Ich hatte recht. Sie hat sich umgebracht.»

Es war besser, den Mund zu halten und zu warten, was noch kommen würde. Das stoßweise Atmen an seinem Ohr war schrecklich.

«Gestern abend hat man mich benachrichtigt», fuhr Gévigne fort. «Eine alte Frau hat sie gefunden, neben dem Turm, neben der Kirche Saint-Nicolas.»

«Wo ist das?»

«Nördlich von Mantes, ein kleines Dorf zwischen Sailly und Drocourt ... Ich kann es nicht fassen.»

«Warum ist sie dorthin gefahren?»

«Warte; du weißt das Schlimmste noch nicht: Sie hat sich vom Kirchturm heruntergestürzt ... Sie haben sie ins Krankenhaus von Mantes gebracht.»

«Armer alter Junge!» sagte Flavières leise. «Fährst du hin?»

«Ja; ich fahr gleich los. Ich war natürlich gestern abend schon dort. Ich hab versucht, dich anzurufen, aber du warst nicht da ... Ich muß noch ein paar Dinge erledigen. Die Polizei ermittelt.»

«Natürlich. Aber es ist ja wohl eindeutig Selbstmord.»

«Ja. Aber das erklärt noch nicht, warum sie ausgerechnet dorthin gefahren ist. Ich wollte ihnen nicht auf die Nase binden, daß Madeleine ...»

«Darauf werden sie nie kommen.»

«Immerhin, es wäre mir lieber, wenn du hier wärst.»

«Unmöglich. Ich habe eine dringende Sache in Orléans zu erledigen. Ich kann sie nicht länger hinausschieben. Aber ich melde mich, sobald ich zurück bin.»

«Bleibst du lange weg?»

«Nein, nur ein paar Tage. Dann brauchst du mich sowieso nicht mehr.»

«Ich ruf dich an ... Kannst du nicht zur Beisetzung kommen?» Gévigne atmete immer noch so, als ob er schnell gelaufen wäre.

«Armer Paul!» sagte Flavières teilnahmsvoll. «Armer Paul!» Er senkte die Stimme: «War sie ... War sie sehr entstellt?»

«Ja, sehr ... Nicht das Gesicht; ihr armes kleines Gesicht war ... Ach, wenn du sie gesehen hättest!»

«Ich wünsche dir Kraft ... Es geht mir sehr nahe.»

Er legte auf und ging zu seinem Bett. Er mußte sich an der Wand abstützen. Madeleine ... Madeleine ... Er fiel in tiefen Schlaf.

Am nächsten Morgen fuhr er mit dem ersten Zug nach Orléans. Er brachte es nicht fertig, in seinen Wagen zu steigen. Die Nachrichten von der Front waren nicht gut. Die Zeitungen brachten riesige Schlagzeilen: DEUTSCHE OFFENSIVE GESTOPPT ... HEFTIGE KÄMPFE UM LIÈGE ... Aber die Informationen waren wie immer ungenau. An dem Optimismus der Menschen begann die Ungewißheit zu nagen.

Flavières döste auf seinem Eckplatz vor sich hin. Äußerlich wirkte er völlig ruhig, aber sein Inneres war verwüstet, ausgebrannt. Er war nur noch ein Wrack, vier Wände um einen Trümmerhaufen. Dieser Gedanke belustigte ihn fast und machte seine Qual etwas erträglicher. Langsam gewöhnte er sich an sein Unglück.

In Orléans fand er ein Hotel gegenüber dem Bahnhof. Als er von seinem Zimmer nach unten ging, um Zigaretten zu holen, sah er das erste Auto mit Flüchtlingen: Ein riesiger Buick, staubbedeckt und bis unters Dach mit Gepäck vollgestopft. Zwei Frauen schliefen darin.

Er besuchte seinen Klienten. Sie sprachen fast nur vom Krieg. Gerüchten zufolge war die Armee Corap zurückgeworfen worden. Man schimpfte auf die Belgier, weil sie die Nerven verloren hatten. Man sprach von dem Kanonendonner, der drei Tage lang von der Marne her zu hören war.

Flavières gefiel es in Orléans. Abends ging er gern am Fluß spazieren und sah den Schwalben zu, wie sie dicht über dem violetten Wasser dahinflogen. Es gab kaum ein Haus, in dem das Radio nicht den ganzen Tag lief. Auf den Caféterrassen sah man nur bedrückte Menschen, und das, obwohl der Sommer den Himmel über der Loire umarmte und die Abenddämmerung verführerischer war denn je.

Was sich wohl in Paris tat? War Madeleine schon beerdigt? Und Gévigne wieder in Le Havre? Ab und zu dachte Flavières an das, was geschehen war, ganz vorsichtig, wie ein Rekonvaleszent, der zum erstenmal den Verband abnimmt, um nach seiner Wunde zu sehen. Ja, er litt immer noch. Die Ruhelosigkeit und Selbstzerfleischung waren einer fröstelnden Erstarrung gewichen.

Gott sei Dank lenkte ihn der Krieg etwas ab. Inzwischen wußte man, daß deutsche Panzerverbände auf Arras vorrückten und daß das Vaterland in Gefahr war. Jeden Tag kamen neue Flüchtlinge durch die Stadt und fuhren über die Brücke nach Süden. Man sah sie vorbeifahren, und man empfand nichts dabei; man war leergebrannt. Die Autos wurden immer schmutziger, immer staubbedeckter. Man stellte den Flüchtlingen unauffällig Fragen ... Flavières begegnete überall dem Spiegelbild seines eigenen Elends. Er hatte nicht mehr die Kraft, nach Paris zurückzukehren.

Er stieß ganz zufällig auf den Artikel. Er las zerstreut die Zeitung, während er einen Kaffee trank. Die Überschrift auf Seite vier ... Die Polizei ermittelte wegen Madeleines Tod. Gévigne war verhört worden. Es war so verwirrend; es paßte so gar nicht zu den Nachrichten auf der ersten Seite, zu den Fotos von zerschossenen Dörfern, daß er den Artikel noch einmal lesen mußte. Kein Zweifel, die Polizei schien Selbstmord auszuschließen ... Mit solchen Dingen also beschäftigte sich die Polizei, während ein endloser Strom von Flüchtlingen die Straßen verstopfte! Flavières wußte nur zu gut, daß Gévigne unschuldig war. Er würde es der Polizei sagen, sobald die Lage sich gebessert hatte. Im Augenblick fuhren die Züge unregelmäßig, hatten manchmal stundenlange Verspätungen.

Die Tage vergingen. Die Zeitungen beschäftigten sich ausschließlich mit den Schlachten, die die Ebenen im Norden verwüsteten. Man wußte nicht mehr, wo die Deutschen, die Franzosen, die Engländer, die Belgier standen. Flavières dachte immer weniger an Gévigne. Aber er nahm sich vor, Klarheit in die Sache zu bringen, sobald sich die Gelegenheit dazu bot. Dieser Entschluß gab ihm ein wenig Selbstvertrauen zurück. Nur dadurch konnte er teilhaben an dem Schicksal seines Landes. Er besuchte Messen in der Kathedrale zu Ehren von Jeanne d'Arc. Er betete für Frankreich, für Madeleine. Da war kein Unterschied zwischen der nationalen Katastrophe und seiner eigenen. Frankreich, das war Madeleine, zerschmettert und blutend am Boden.

Und eines Morgens beluden die Bewohner von Orléans ihre Wagen mit Matratzen. Flavières' Klient verschwand. ‹Da Sie ja hier nichts hält›, hatte er gesagt, ‹wäre es auch für Sie besser, in den Süden zu gehen ...› Flavières versuchte, Gévigne anzurufen – niemand meldete sich. Der Bahnhof von Saint-Pierre-des-Corps wurde bombardiert. Todtraurig stieg er in einen Bus nach Toulouse.

Er wußte nicht, daß er erst vier Jahre später zurückkommen würde.

Zweiter Teil

I

«Einatmen ... Jetzt husten ... Einatmen ... Danke. – Ich möchte mir Ihr Herz noch einmal ansehen. Luft anhalten ... Hm ... Nicht besonders ... Sie können sich wieder anziehen.»

Der Arzt sah Flavières zu, wie er in sein Hemd schlüpfte und sich umständlich umdrehte, um seine Hose zuzuknöpfen.

«Verheiratet?»

«Nein. Junggeselle ... Ich bin gerade aus Afrika zurückgekommen.»

«Waren Sie in Gefangenschaft?»

«Nein. 1940 bin ich hier weg. Ich bin nicht eingezogen worden wegen einer bösen Rippenfellentzündung, die ich 38 hatte.»

«Wollen Sie nach Paris?»

«Ich weiß noch nicht. Ich hatte eine Kanzlei in Dakar. Ich denke, ich werde wieder eine Praxis in Paris aufmachen.»

«Anwalt?»

«Ja. Nur, mein Appartement ist belegt. Es ist ziemlich schwierig, etwas zu finden.»

Der Arzt sah zu, wie er sich abmühte, seine Krawatte zu binden, was Flavières noch nervöser machte.

«Sie trinken. Stimmt's?»

Flavières hob die Schultern. «Was ist schon dabei?»

«Das ist Ihre Sache», sagte der Arzt.

«Ja, manchmal trinke ich», gab Flavières zu. «Das Leben ist nicht immer rosig.»

Der Arzt machte eine vage Handbewegung. Er setzte sich an den Schreibtisch und schraubte die Kappe von seinem Füller ab. «Ihr Allgemeinzustand ist nicht berühmt», sagte er. «Sie brauchen Ruhe. Ich an Ihrer Stelle würde in den Süden gehen ... Nizza, Cannes ... Und wegen Ihrer Zwangsvorstellungen suchen Sie am besten einen Spezialisten auf. Ich gebe Ihnen ein paar Zeilen für einen Kollegen mit, für Dr. Ballard.»

«Ist es denn so ernst?» fragte Flavières betroffen.

«Gehen Sie zu Ballard.»

Die Feder kratzte über das Papier. Flavières holte ein paar Geldscheine aus seiner Brieftasche.

«Gehen Sie zum Versorgungsamt», sagte der Doktor, immer noch schreibend. «Mit dieser Bescheinigung bekommen Sie zusätzlich Fleisch- und Fettmarken ... Aber Sie brauchen auch Wärme und Ruhe. Vermeiden Sie Aufregungen. Keine Post. Keine Lektüre ... Macht 300 Francs. – Danke.»

Schon begleitete er Flavières zur Tür. Der nächste Patient kam in das Sprechzimmer.

Flavières stieg mißmutig die Treppe hinunter. Ein Spezialist! Das hatte ihm noch gefehlt ... Ein Psychiater, der ihm alle Geheimnisse entlocken, ihn dazu bringen würde, alles zu verraten, was er über Madeleines Tod wußte ... Niemals! Lieber wollte er mit seinen Alpträumen leben, sich jede Nacht in einem unterirdischen Labyrinth verirren, immer nur den einen Namen in die Dunkelheit rufen ... Es war die Hitze da unten in Afrika, die ihn so mitgenommen hatte, das unbarmherzige Licht. Hier konnte ihm nichts mehr passieren.

Er stellte den Mantelkragen hoch und ging zur place des Ternes. Er kannte Paris nicht wieder. Die Stadt lag im Nebel. Weite, leere Plätze; Straßen, auf denen nur ab und zu ein Jeep zu sehen war ... Es war ihm unangenehm, daß er so gut gekleidet war. Er lief schnell, wie alle anderen auch. Flanieren war ein Luxus, den man sich nicht leistete. Der Arc de Triomphe erinnerte ihn mit seinem Grau in Grau an ein ungelöstes Problem. Alles hatte die Farbe der Vergangenheit, wie in seiner Erinnerung. Für welchen Heiligen hatte er eine Kerze stiften wollen? Er wäre besser in Afrika geblieben! Was versprach er sich eigentlich von dieser Pilgerfahrt? Es hatte andere Frauen gegeben. Die Wunden waren verheilt. Madeleine war nur noch ein Schatten.

Er ging zu *Dupont,* setzte sich nahe ans Fenster. Ein paar Offiziere saßen verloren in dem riesigen Rundbau. Stille; nur das Zischen der Kaffeemaschine. Ein mürrischer Kellner musterte ihn von oben bis unten, seinen Mantel, die Hirschlederschuhe mit den Kreppsohlen.

«Einen Cognac», bestellte Flavières leise. «Aber einen richtigen!»

Er hatte gelernt, in den Cafés und Restaurants diesen Ton anzuschlagen. Er besaß plötzlich Autorität ... Er trank das Glas auf einen Zug leer.

«Nicht schlecht», sagte er. «Noch einen.»

Er warf ein paar Geldscheine auf den Tisch. Das hatte er sich in Dakar angewöhnt. Sein Gesicht bekam jedesmal einen blasierten Ausdruck, wenn er die zerknüllten Scheine hinwarf. Als ob er vom Ende der Welt käme, als ob die gesamte Menschheit ihm gegenüber eine Schuld zu begleichen hätte, die nie beglichen werden konnte. Mit verschränkten Armen betrachtete er die kostbare Flüssigkeit, die in ihm die Vergangenheit wieder lebendig werden ließ. Madeleine war nicht tot.

Von dem Augenblick an, als er in Paris aus dem Zug gestiegen war, war sie ihm gefolgt ... Es gibt Gesichter, die man vergißt; sie nutzen sich ab. Die Zeit nagt an ihnen wie an den steinernen Skulpturen an den Kirchenportalen, die im Lauf der Jahrhunderte ihre Form, ihre Lebendigkeit verloren haben. Madeleines Gesicht aber war in ihm lebendig; die Sonne vergangener Tage verlieh ihm einen Strahlenkranz. Das schreckliche Bild – Madeleine in ihrem Blut auf dem Friedhof – war ausgelöscht, war nichts als ein lästiger Gedanke, der leicht wegzuschieben war. Aber das andere Gesicht von Madeleine war wunderbar frisch, neu, verführerisch ...Flavières hatte die Hand fest um das Glas gelegt. Er saß bewegungslos da. Er spürte wieder die Wärme damals im Mai, er sah die vielen Autos um den Arc de Triomphe. Sie kam daher, die Handtasche unter dem Arm, tiefblaue Augen ... Sie beugte sich über das Brückengeländer und warf die rote Tulpe ins Wasser ... Sie zerriß einen Brief in kleine Stücke, die der Wind davontrug ...

Flavières trank und stützte sich schwer auf den Tisch. Er war ein alter Mann geworden. Was würde die Zukunft bringen? Einsamkeit? Krankheit? Während die, die den Krieg überlebt hatten, zusammenkratzten, was ihnen noch übriggeblieben war, während sie versuchten, Freundschaften anzuknüpfen, sich ein neues Leben aufzubauen, war ihm nur Asche geblieben. Warum sollte er also verzichten auf das einzige, das ...?

«Noch mal dasselbe!»

Er wußte, wie es um ihn stand. Er liebte den Alkohol nicht. Er versuchte nur, das bißchen Glut in seinem Inneren anzufachen. Daraus schöpfte er wieder Hoffnung.

Er verließ das Café. Die kalte Luft brachte ihn zum Husten. Die Stadt erschreckte ihn jetzt nicht mehr. Sein Atem verdampfte in der Kälte, und durch den Nebel sah er die Stadt, als ob sie tief unter Wasser liege wie das versunkene Atlantis. Er kam zum Étoile und tat so, als ob er auf jemanden warte. Der kalte Februarregen wehte wie feiner Staub über die Stadt, trieb wie eine graue Wolke durch die naßglänzenden Straßen.

Sie würde nie mehr kommen. Vielleicht war Gévigne auch nicht mehr in Paris ... Flavières ging in die avenue Kléber und suchte das Haus. Die Fensterläden in der zweiten Etage waren geschlossen. Den Talbot hatte man sicher requiriert. Und Madeleines Bilder? Die Paradiesvögel, die junge Frau über dem Kamin ... Was war aus ihnen geworden? Er ging in die Eingangshalle. Die Concierge fegte gerade.

«Ich hätte gern Monsieur Gévigne gesprochen.»

«Monsieur Gévigne?» Sie sah Flavières verständnislos an. «Der arme Monsieur Gévigne ... Er ist schon lange tot.»

«Was? Paul ist tot?» Überall begegnete er dem Tod. Nur Tod! Tod!

«Kommen Sie herein», sagte die Concierge. Sie klopfte den Besen aus und öffnete die Tür zur Loge.

«Ich war seit 1940 nicht mehr in Frankreich.»

«Ach so; deshalb.»

Am Fenster saß ein alter Mann, die Nickelbrille auf der Nase. Er hatte einen Schuh auf seine Hand gestülpt und betrachtete ihn gedankenverloren. Er sah auf, als Flavières hereinkam.

«Bitte, lassen Sie sich nicht stören!»

«Es gibt nicht einmal mehr Karton zum Schuhebesohlen!» schimpfte der Alte.

«Sie waren ein Freund von Monsieur Gévigne?» fragte die Concierge.

«Seit meiner Kindheit. Er hat mich damals nach dem Tod seiner Frau angerufen. Aber ich mußte noch am selben Tage geschäftlich verreisen ...»

«Der arme Monsieur Gévigne! Er hat sich nicht getraut, allein hinzufahren. Er hatte niemanden. Ich bin mit ihm gegangen, hab ihm geholfen, die arme Madame anzuziehen ... Sie können sich nicht vorstellen ...»

Er hätte gern gefragt, welches Kleid sie ihr angezogen hatten ... Das Graue?

«Setzen Sie sich», sagte die Concierge. «Sie haben doch sicher ein paar Minuten Zeit?»

«Ich habe gehört, daß er Schwierigkeiten hatte.»

«Das kann man wohl sagen ... Sie hätten ihn beinahe eingesperrt.»

«Eingesperrt? Aber wieso denn? Ich dachte, seine Frau hat Selbstmord ...»

«Sicher hat sie das. Aber Sie kennen ja die Polizei! Der arme Monsieur hatte Neider, wissen Sie. Und wenn die sich einmal für einen interessieren ... Ich weiß nicht, wie oft sie hier waren. Fragen, Fragen – über ihn, über Madame ... Ob sie sich gut verstanden hätten. Ob Monsieur Gévigne hier war, an dem Tag, wo es passiert ist. Und so weiter und so weiter ... Mein Gott, weißt du noch, Charles?»

Der Alte schnitt mit dem Küchenmesser eine Sohle aus dem Deckel einer Schachtel. «Ja, das war ein schönes Durcheinander ... Genauso wie jetzt», brummte er.

«Aber wie ist den Monsieur Gévigne gestorben?» fragte Flavières.

«Es ist auf der Landstraße Richtung Le Mans passiert. Eines

Morgens haben wir ihn die Treppe herunterkommen sehen. Er war ganz aufgeregt. ‹Ich hab die Nase voll!› sagte er – bei uns nahm er kein Blatt vor den Mund. ‹Ich mach mich aus dem Staub. Wenn die mich einsperren wollen, dann müssen sie mich erst mal kriegen!› Er hat seine Koffer ins Auto geladen und ist losgefahren ... Wir haben es erst später gehört: Das Auto ist von Tieffliegern beschossen worden. Der arme Monsieur ist auf dem Weg ins Krankenhaus gestorben ... Das hat er nicht verdient, das nicht!»

Wenn ich hier gewesen wäre, dachte Flavières, dann hätte er nicht fliehen müssen. Jetzt könnte ich mit ihm reden, ihm alles erklären ... Er ballte die Fäuste. Er hätte nicht wiederkommen dürfen!

«Sie hatten kein Glück, die beiden», fuhr sie fort. «Und sie haben sich so gut verstanden!»

«War sie nicht irgendwie ... krank?» fragte Flavières vorsichtig.

«Nein ... Sie wirkte nur so traurig mit ihren dunklen Kleidern. Aber sie war es gar nicht ... Sie war immer so glücklich, wenn sie mit ihm ausgehen konnte.»

«Das war nicht oft», meinte der Alte.

Sie drehte sich zu ihm um. «Bei dem Leben, das der arme Monsieur führen mußte ... Er hatte ja nie Zeit! Immer zwischen Le Havre und hier hin und her gondeln ... Das muß man sich mal vorstellen!»

«Wo ist denn Madame begraben?» fragte Flavières.

«Auf dem Friedhof Saint-Ouen. Aber nicht mal da hatte sie ihre Ruhe. Als die Amerikaner La Chapelle bombardierten, ist ein großer Teil vom Friedhof neben der Straße zerstört worden. Überall nur noch Steine und Knochen ... Ich glaube, da war ein Gottesdienst deswegen.»

Flavières zitterte in seinem Mantel. Der hochgestellte Kragen verdeckte fast ganz sein Gesicht. «Und ihr Grab?» fragte er leise.

«Es gibt da keine Gräber mehr. Sie haben Erde angefahren, die Löcher aufgefüllt, heißt es. Später wollen sie die Gräber wieder herrichten.»

«Die Toten», sagte der Alte, «haben davon nichts gespürt – was wollen Sie!»

Flavières versuchte, die furchtbaren Bilder zu verdrängen. Sein Herz weinte. Seine Augen hatten keine Tränen mehr. Das war wirklich das Ende. Madeleine war verlöscht, ihre Asche war in alle Winde verstreut. Ihr Gesicht, das ihn manchmal ansah, war nicht mehr. Er mußte es wiederfinden in seinen Nächten ...

«Und die Wohnung?» fragte er.

«Im Augenblick nicht bewohnt. Ein entfernter Vetter von ihr hat alles geerbt ... Schrecklich traurig, das Ganze.»

«Ja ...» murmelte Flavières. Er stand auf und knöpfte seinen Mantel zu.

«So was nimmt einen ganz schön mit», meinte die Concierge, «der Tod von Freunden.»

Der Alte hatte den Schuh zwischen die Knie geklemmt und nagelte die Sohle mit Stiften fest. Dabei machte er einen solchen Krach, daß Flavières fluchtartig das Haus verließ.

Der Nieselregen legte sich wie eine klebrige Maske auf sein Gesicht. Er fühlte, wie das Fieber wieder in ihm aufstieg. Er überquerte die Straße und ging in das kleine Café, in dem er damals auf Madeleine gewartet hatte.

«Etwas Starkes, bitte!»

«Ja. Sie sehen aus, als ob Sie einen kräftigen Schluck gebrauchen könnten», meinte der Kellner. Seine Augen wanderten über die anderen Gäste, dann senkte er seine Stimme: «Einen kleinen Whisky?»

Flavières stützte die Ellbogen auf die Theke. Wärme strömte in seine Brust. Die Angst bröckelte langsam von ihm ab, schmolz dahin wie ein Eisblock und verwandelte sich in stille Melancholie. Der Arzt hatte recht: Schonung, Sonne, Frieden für sein Herz – das brauchte er! Vor allem endlich Frieden ... Nicht mehr an Madeleine denken! Eigentlich hatte er Blumen auf ihr Grab legen wollen; es gab aber kein Grab mehr. Das letzte Band war zerrissen; seine Pilgerfahrt endete in einem Bistro vor einem Glas mit goldfarbenem Schnaps. Alles, was er einmal geliebt hatte, die Frau auf dem Foto, die sanfte Unbekannte, die er an der Hand genommen hatte, um sie aus ihrem Schattenreich herauszuführen – alles endete mit diesem Glas Whisky ... Nein, nicht ganz! Er hatte ja noch das Feuerzeug.

Er schob eine Zigarette zwischen die Lippen, holte das Feuerzeug aus der Tasche, wog es in seiner Hand, betrachtete es. Sollte er es wegwerfen? Oder irgendwo absichtlich liegenlassen, wie man eine Katze aussetzt? Später vielleicht. Im Augenblick ... Er würde sich später entscheiden, oder ein anderer würde es für ihn tun – wie bisher. Er stellte das leere Glas hin, bezahlte üppig. Er genoß es, zu beobachten, wie die Gesichter servil wurden.

«Können Sie mir ein Taxi besorgen?»

«Hm ... Wird nicht einfach sein», meinte der Mann hinter der Theke. «Wollen Sie weit fahren?»

«In die Nähe von Mantes.»

«Ich kann's ja versuchen.»

Er führte ein paar Telefongespräche. Dabei sah er Flavières an und lächelte ihm zu. Schließlich legte er den Hörer auf. «Gustave wird Sie fahren», sagte er. «Es wird nicht gerade billig sein ... Wissen Sie, was Benzin kostet? Auf dem schwarzen Markt, mein ich.»

Das Taxi kam bald. Ein alter, klappriger C4. Flavières bezahlte die Hinfahrt im voraus. Wenn er einen Plan durchführen wollte, war es ihm völlig egal, was andere über ihn dachten. Er erklärte Gustave:

«Ich muß nach Mantes – genauer, in ein kleines Dorf zwischen Sailly und Drocourt. Es hat einen sehr hohen Kirchturm. Ich werde Ihnen den Weg zeigen ... Ich bleibe nicht lange dort.»

Sie fuhren los. Die winterlichen Straßen erzählten eine düstere Geschichte von Kampf, Zerstörung, Artilleriefeuer und Luftangriffen. Starr vor Kälte saß Flavières in seiner Ecke und sah durch die beschlagenen Scheiben schwarze Felder vorüberziehen. Wo waren die blühenden Bäume, die mit Margeriten übersäten Böschungen? Madeleine entfernte sich immer mehr.

Sie starb wirklich. Noch ein letzter Versuch ... Er wußte nur zu gut, daß sein Herz Madeleine nie aufgeben würde.

Nie hatte er sein Innerstes so deutlich gesehen wie in diesem Augenblick. Er hatte angefangen zu trinken, um die Stimme der Vernunft zum Schweigen zu bringen – diese spöttische, kritische Stimme, die sich über alles lustig machte; die ihm vorwarf, daß er sich schon immer etwas vorgemacht habe, daß er sich in seine Traurigkeit hineinsteigere und daß er in Wirklichkeit sein Unglück, seine Einsamkeit und seine Ohnmacht genieße ... Und immer wieder brauchte er ein Gläschen und noch ein Gläschen, um diese Stimme zu ersticken. Wenn er seinen Körper nicht mehr spürte, wenn sein Kopf dumpf wurde, dann erschien ihm Madeleine, sanft und barmherzig. Sie sprach mit ihm über das Leben, das sie hätten führen können, und Flavières schwamm in Glückseligkeit. Am nächsten Morgen erwachte der andere Flavières, der sich mit Selbstvorwürfen peinigte.

«Wir sind in Sailly», sagte Gustave.

Flavières rieb mit den Fingerspitzen über die Scheibe.

«Biegen Sie rechts ab», sagte er. «Noch zwei oder drei Kilometer.»

Das Taxi holperte durch Schlaglöcher. Von den Bäumen, die regennaß und schwarz am Straßenrand standen, tropfte es in randvolle Gräben, in denen totes Laub schwamm. Ganz in der Ferne ein paar Häuser, über deren Dächern kleine blaue Rauchwolken hingen.

«Da ist der Kirchturm ... Wir sind da. – Warten Sie vor der Kirche auf mich.»

Der Wagen hielt auf dem Kirchplatz wie damals. Flavières stieg aus, sah zu dem Turm auf. Er fühlte nichts, nur eine seltsame Kälte griff nach ihm. Er ging ein paar Schritte. Er suchte die Häuser, deren Dächer er damals von oben gesehen hatte. Da waren sie. Sie duckten sich unter die kahlen Zweige der Kastanien. Daneben graue Hütten, Schuppen, zwischen denen Hühner, lautlos pickend, umherliefen.

Flavières stand vor einem armseligen Krämerladen. Die Buchstaben auf der Schaufensterscheibe waren unleserlich geworden. Er stieß die Tür auf. Es roch nach Kerzenwachs und Petroleum. Ein paar vergilbte Postkarten fristeten ihr Dasein in einem Ständer.

«Was darf's denn sein?» Eine alte Frau kam aus einem Nebenraum an den Ladentisch.

«Haben Sie nicht ein paar Eier?» fragte Flavières. «Oder ein Stückchen Fleisch? Ich bin krank, und in Paris gibt es nichts. Ich komme so nicht mehr auf die Beine.»

Seine Stimme war nicht bescheiden, nicht bittend genug. Er wußte von vornherein, daß sie ihm nichts geben würde. Scheinbar zerstreut betrachtete er die Postkarten.

«Schade», sagte er leise. «Dann werde ich es woanders versuchen. Ich möchte die Postkarte von der Kirche ... Saint-Nicolas? Das erinnert mich doch an ... Warten Sie mal: 1940! Im Mai 1940 ... Brachten da nicht die Zeitungen etwas von einem Selbstmord?»

«Ja», sagte sie. «Eine Frau ist vom Kirchturm gesprungen.»

«Stimmt ... Jetzt erinnere ich mich wieder. Die Frau eines Pariser Industriellen, nicht wahr?»

«Ja. Madame Gévigne. Ich weiß den Namen noch. Ich hab sie nämlich gefunden ... Das ist lange her. Es ist viel passiert seitdem. Aber ich hab die arme Frau nicht vergessen.»

«Haben Sie nicht einen Schnaps?» fragte Flavières. «Ich bin völlig durchgefroren.»

Sie sah zu ihm auf. Ihre Augen hatten das Elend des Krieges gesehen. Sie waren erloschen.

«Mal sehen», sagte sie.

Flavières steckte die Postkarte ein und legte ein paar Münzen auf den Ladentisch, während sie eine Flasche und ein Glas holte. Der Schnaps war ein Rachenputzer. Er brannte wie Feuer in der Kehle.

«Verrückte Idee», sagte er. «Sich von einem Turm herunterzustürzen!»

Sie schob langsam die Hände unter ihr Schultertuch. Vielleicht fand sie die Idee gar nicht so verrückt. «So war sie sicher, daß man sie nicht zurückholen konnte», antwortete sie. «Der

Turm ist über zwanzig Meter hoch. Sie ist mit dem Kopf zuerst aufgeschlagen.»

Verstehe, hätte er beinahe gesagt. Sein Atem ging schneller, aber es war ihm nicht anzusehen, daß er litt. Er hatte das Gefühl, daß Madeleine sich von ihm zurückzog. Jedes Wort der Alten war wie eine Schaufel Erde, die in ein offenes Grab geworfen wird.

«Ich war allein im Dorf», erzählte sie weiter. «Nicht ein einziger Mann. Alle eingezogen. Die Frauen haben auf dem Feld gearbeitet. Um sechs bin ich in die Kirche gegangen, wegen meinem Sohn. Er war bei der Armee, in einem Sondereinsatz ...» Sie verstummte einen Augenblick. Sie schien noch mehr zusammenzuschrumpfen in ihrem schwarzen Kleid. «Ich kam aus der Sakristei. Die Tür geht nach hinten; über den Friedhof ist es kürzer zu mir. Da hab ich sie gesehen ... Es hat lange gedauert, bis ich die Gendarmerie erreichen konnte.»

Sie sah den Hühnern zu, die vor der Türschwelle pickten. Sicher erlebte sie alles noch einmal. Ihre Angst, ihre Erschöpfung an diesem Abend, das Kommen und Gehen der Gendarme auf dem Friedhof, die Taschenlampen, die den Boden absuchten und später dann der Ehemann, der sich ein Taschentuch vor den Mund preßte ...

«Das sind Augenblicke, die man nicht vergessen kann», sagte Flavières.

«Ja. Wir hatten die Gendarmes über eine Woche hier. Sie glaubten, daß jemand die arme Frau hinuntergestoßen hat.»

«Hinuntergestoßen? Wieso?»

«Am Nachmittag haben Leute einen Mann und eine Frau in einem Auto gesehen, das hierher fuhr. Es kam aus Sailly.»

Flavières zündete sich eine Zigarette an. So war das also. Man hatte ihn für den Ehemann gehalten. Und dieser Irrtum hatte Gévigne das Leben gekostet.

Wozu sollte er ihr widersprechen? Warum der alten Frau sagen, daß der Mann nicht Gévigne gewesen, daß alles ein furchtbarer Irrtum war? Keiner interessierte sich mehr für die Geschichte ... Er trank aus, sah sich um nach etwas, das er hätte kaufen können. Aber außer Besen, Bürsten und Garnrollen gab es nichts.

«Danke für den Schnaps», sagte er.

«Bitte.»

Er ging zum Kirchplatz zurück. Er zögerte: Sollte er noch einmal zum Altar gehen, zu der Stelle, wo sie gebetet hatte?

Ihr Gebet war nicht erhört worden. Sie war von der Erde verschwunden ... Wiederauferstehung? Wie sollte Madeleine auferstehen, wo doch ihr Leib völlig zerstört wieder zu Erde geworden war? «Adieu, Madeleine!» flüsterte er. Er sah zu dem Kreuz auf dem Turm hoch, das die Krähen krächzend umkreisten.

«Fahren wir, Chef?» fragte der Taxifahrer.

«Ja, fahren wir.»

Und als das Taxi anfuhr, schaute er noch einmal durch das Rückfenster und sah, wie der Turm immer kleiner wurde. Da erkannte er, daß die Vergangenheit an der nächsten Wegbiegung für immer versinken würde. Er schloß die Augen und dämmerte bis Paris vor sich hin.

Am Nachmittag trieb es ihn zu Dr. Ballard. Er erzählte ihm seine Geschichte wie einem Beichtvater. Nur den Namen Gévignes behielt er für sich. Er war am Ende. Er kämpfte mit den Tränen, während er sprach.

«Sie suchen sie immer noch», sagte der Psychiater. «Sie wehren sich gegen den Gedanken, daß sie tot ist.»

«Ja, ich glaube, so ist es», sagte Flavières. «Sie ist tot, ja; ich weiß das. Aber ich muß immer ... Ja, es ist verrückt, ich gebe es zu ... Ich muß immer an ihre Großmutter denken, an Pauline Lagerlac. Verstehen Sie, was ich damit sagen will? Die beiden sind ein und dieselbe Person.»

«Mit anderen Worten: Diese junge Frau ist schon einmal gestorben ... Ist es das? Glauben Sie das?»

«Das hat mit glauben nichts zu tun, Doktor. Ich weiß, was ich gehört und gesehen habe.»

«Sie meinen also, diese Madeleine könnte wieder lebendig werden, wie schon einmal?»

«Wenn Sie das so darstellen ...»

«Ihr Verstand wehrt sich dagegen. Aber unbewußt versuchen Sie, sich etwas vorzumachen ... Legen Sie sich bitte auf die Liege.»

Der Arzt prüfte gründlich seine Reflexe. «Haben Sie früher schon getrunken?»

«Nein. Ich habe damit in Dakar angefangen. Nach und nach.»

«Keine Drogen?»

«Nein, nie.»

«Ich frage mich, ob Sie wirklich gesund werden wollen.»

«Aber sicher!» brachte Flavières mühsam hervor.

«Also dann: Kein Alkohol mehr ... Und Sie müssen diese Frau vergessen! Sie müssen sich immer wieder sagen, daß sie tot ist. Daß jeder Mensch nur einmal stirbt, nur einen Tod hat – verstehen Sie? Nur einen ... Wollen Sie das mit Ihrer ganzen Kraft versuchen?»

«Ja.»

«Also, schieben wir es nicht länger auf. Ich gebe Ihnen einen Brief an einen Freund mit. Er leitet ein Sanatorium in der Nähe von Nizza.»

«Wollen Sie mich einsperren lassen?»

«Aber nein! So krank sind Sie nicht ... Ich schicke Sie dorthin wegen des Klimas. Einer, der aus den Kolonien kommt wie Sie, braucht viel Sonne. – Haben Sie genug Geld?»

«Ja.»

«Ich muß Ihnen sagen, es wird lange dauern.»

«Ich bleibe so lange, wie es nötig ist.»

«Sehr gut!»

Flavières setzte sich. Seine Knie zitterten. Er hörte nicht mehr, was der Arzt sagte. Er hatte nur einen Gedanken: gesund werden! Er bereute es, Madeleine geliebt zu haben. Diese Liebe hatte ihm so viel Unglück gebracht ... Ein neues Leben beginnen, noch einmal von vorn anfangen! Und später wollte er andere Frauen haben, so sein wie andere Männer ... Der Arzt gab ihm noch viele Ratschläge. Flavières war mit allem einverstanden, versprach alles. Ja, er würde heute noch abreisen ... Ja, er würde nicht mehr trinken ... Ja, er würde sich Ruhe gönnen ... Ja ... Ja ...

«Soll ich Ihnen ein Taxi rufen?» fragte die Sprechstundenhilfe.

«Danke. Ich gehe lieber noch ein Stück zu Fuß.»

Er suchte ein Reisebüro. Am Schalter für Reservierungen verkündete ein Schild, daß alle Züge für eine Woche ausgebucht seien. Flavières zog seine Brieftasche ... Er bekam eine Fahrkarte für denselben Abend. Er brauchte nur noch mit der Anwaltskammer und mit seiner Bank zu telefonieren.

Als alles Notwendige geregelt war, irrte er durch die Stadt, in der er ein Fremder geworden war. Sein Zug fuhr um 21 Uhr. Er würde in seinem Hotel zu Abend essen. Blieben noch vier Stunden, die er totschlagen mußte. Er ging ins Kino. Es war ihm gleich, was gespielt wurde; er wollte nur seinen Besuch bei Ballard vergessen und all die Fragen, die ihm der Arzt gestellt hatte. Flavières hatte nie ernsthaft geglaubt, er könnte überschnappen. Aber jetzt hatte er Angst davor. Er schwitzte. Der brennende Wunsch, etwas zu trinken, trocknete ihm die Kehle aus. Er fing an, sich zu hassen, zu verachten.

Die Leinwand wurde hell. Donnernde Musik begleitete die Wochenschau. *General de Gaulle besucht Marseille.* Uniformen, Fahnen, Bajonette, eine Menschenmenge, die kaum zu halten ist vor Begeisterung. Gesichter in Großaufnahme, offene Münder, Hochrufe, die man nicht hört. Ein dicker Mann, der seinen Hut schwenkt. Eine Frau, die sich langsam zur Kamera umdreht ... tiefblaue Augen, ein schmales Gesicht ... Durch eine Bewegung in der Menge ist sie plötzlich wieder verschwunden.

Aber Flavières hatte genug Zeit, sie wiederzuerkennen. Es riß ihn vom Sitz. Halb aufgerichtet starrte er auf die Leinwand. Er war zu Tode erschrocken.

«Hinsetzen! Hinsetzen!»

Er lockerte seinen Kragen. Sein Kopf war leer, ein Schrei steckte in seiner Brust. Verständnislos starrte er auf die Käppis, das Händeschütteln, den Hornisten.

Eine Hand packte ihn und zog ihn unsanft auf einen Sitz.

2

Nein, sie war es nicht.

Flavières war bis zur nächsten Vorstellung geblieben. Äußerlich ruhig hatte er auf die Leinwand gestarrt, hatte auf das Gesicht gewartet, um es sich einzuprägen ... Da war sie, für den Bruchteil einer Sekunde. Und wieder stöhnte es in ihm auf, während er wie gelähmt auf seinem Platz saß. Er konnte sich nicht geirrt haben! Unmöglich ... Die junge Frau auf der Leinwand war ungefähr dreißig. Sie war zwar etwas mollig, na ja ... Der Mund ... Die Linie der Lippen war ihm etwas fremd, aber die Ähnlichkeit war da ... Die Augen. Ja, vor allem die Augen ... Flavières versuchte krampfhaft, die Madeleine seiner Erinnerung mit der Frau auf der Leinwand zu vergleichen. Schließlich verschwammen beide Bilder ineinander, bis er nur noch bunte Flecken sah, als ob er zu lange in die Sonne gesehen hätte.

Am Abend ging er noch einmal ins Kino. Er würde eben erst am nächsten Morgen fahren ... Er machte eine Entdeckung: Der Dicke und die Unbekannte gehörten anscheinend zusammen. Er hielt sie am Arm, um sie nicht in der Menge zu verlieren. Da war noch etwas, das Flavières vorher entgangen war. Der Mann hatte einen sehr teuren Anzug an, und in seiner Krawatte steckte eine Perlnadel. Die Unbekannte trug einen Pelzmantel ... Irgend etwas war da noch gewesen ... Aber was?

Er ging gleich nach der Wochenschau. Die Straßen waren spärlich beleuchtet. Es regnete wieder einmal. Als Flavières seinen Hut tiefer in die Stirn zog, weil es sehr windig war, mußte er an den Mann in Marseille denken. Der hatte zwar einen Mantel angehabt, aber keinen Hut getragen ... Und im Hintergrund war offensichtlich ein Hotel, drei große Buchstaben hatte er erkannt: ... RIA. Vielleicht ASTORIA? Wahrscheinlich wohnten die beiden in dem Hotel; sie waren auf die Straße getreten, um de Gaulle zu sehen.

Und die Ähnlichkeit ... Nun ja, eine gewisse Ähnlichkeit war schon vorhanden. Na und? War das ein Grund, die Fassung zu verlieren? Da gab es also in Marseille einen Glückspilz, der mit einer Frau zusammenlebte, die die Augen von Madeleine hatte ... Flavières blieb vor der Hotelbar stehen. Ja, sicher, er hatte dem Doktor versprochen ... Aber er brauchte jetzt ein Glas oder zwei, um mit dem Problem fertig zu werden.

«Whisky!»

Er trank drei Gläser. Er würde ja in ein Sanatorium gehen – was waren schon drei Whisky! Whisky wirkt außerdem schneller als Cognac. Er betäubte damit seine Gewissensbisse, sein Selbstmitleid, seine Rachegedanken. Was blieb, war das Gefühl einer bodenlosen Ungerechtigkeit. Aber dagegen war auch der stärkste Alkohol machtlos.

Flavières ging schlafen. Warum war er bloß nicht abgereist!

Am nächsten Morgen steckte er einem Kontrolleur ein paar Scheine zu und machte es sich in einem Abteil erster Klasse bequem. Daß ihm das Geld alle Türen öffnete, nützte ihm jetzt nichts mehr. Er fühlte sich fiebrig, müde, mißmutig. Wenn er vor dem Krieg schon Geld gehabt hätte ... Wenn er Madeleine ... Schon wieder die alte Geschichte! Vielleicht war diese verdammte Wochenschau daran schuld. Oder das Feuerzeug, das er immer noch in der Tasche hatte? Wer sollte ihn daran hindern, das Fenster herunterzuschieben und es auf die Schienen zu werfen? Es soll Gegenstände geben, die eine heimtückische Macht besitzen, die den Besitzer langsam vergiften – Diamanten zum Beispiel ... Warum nicht auch ein Feuerzeug?

Aber er hätte nie die Kraft, sich davon zu trennen. Es war der Beweis dafür, daß er es nicht geschafft hatte, glücklich zu sein. Er würde in seinem Testament festlegen, daß ihm das Feuerzeug in den Sarg gelegt werden sollte ... Verrückte Idee!

Er ließ sich vom Rhythmus der Räder einlullen und träumte vor sich hin ... Warum hatten ihn immer unterirdische Gänge in Saumur so angezogen? Oder das Geräusch von tropfendem Wasser in einer Höhle, oder die feuchte Luft in dem Netz der Gänge und Tunnel? Diese ganze erstarrte Welt mit ihren verschlungenen Wegen, schwarzen Seen, den kostbaren Steinen, die im Berg schliefen? Ja, in Saumur, da hatte alles angefangen. Vielleicht, weil er als Kind immer allein war ... Er hatte stundenlang in einer Sammlung von Sagen und Mythen gelesen, die seinem Großvater gehörte. Immer waren ihm bei der Lektüre Schauer über den Rücken gelaufen. Auf den stockfleckigen Seiten waren bizarre Bilder. Sisyphus mit seinem Felsblock, die Danaiden; aus einer Höhle kam Orpheus und führte Eurydike an der Hand ... Flavières' Kopf wurde auf der schmutzigen Lehne der Sitzbank hin und her gewiegt. Was draußen am Abteilfenster vorüberglitt, empfand er als penetrant, als störend, weil es in das Reich der Lebenden gehörte. Er fühlte sich wohl, müde, wie er war, und im Bewußtsein seiner wiedergefundenen Freiheit. Vielleicht würde er sich eine Villa in Nizza kaufen, etwas außerhalb. Tagsüber würde er dann schlafen und abends, wenn die Stunde der Fledermäuse gekommen war, am Strand spazierengehen und an nichts denken. Oh, mein Gott – an nichts denken ... Langsam versank er in den Schlaf, in das Nichts.

Als der Schnellzug in Marseille hielt, stieg er aus. Natürlich wollte er nicht in der Stadt bleiben. Er erkundigte sich bei einem Bahnangestellten, zeigte ihm seinen Fahrschein.

«Sie können damit Ihre Reise für acht Tage unterbrechen.»

Also, keine weiteren Tricks! Ein paar Tage nur, dann würde er wieder abreisen. Dieser kurze Aufenthalt hatte nichts zu bedeuten. Er wollte nur etwas prüfen, sich vergewissern. Er winkte einem Taxi.

«Zum *Hotel Astoria.*»

«Zum *Waldorf Astoria*?»

«Wahrscheinlich», sagte Flavières mürrisch.

Er sah sich vorsichtig in der riesigen Hotelhalle um. Es war nur ein Spiel, ein Spiel mit der Angst. Er genoß das Prickeln, das Warten auf etwas, das man nicht kennt.

«Wie lange wollen Sie bleiben, Monsieur?»

«Hm ... Vielleicht acht Tage.»

«Wir haben nur noch eine Suite frei.»

«Einverstanden.»

Sehr gut! Er brauchte den Luxus. Ohne ihn war die Komödie, die er sich vorspielte, unglaubhaft. Im Aufzug fragte er den Liftboy:

«Wann war General de Gaulle in Marseille?»

«Am vergangenen Sonntag waren es acht Tage.»

«Ist Ihnen vielleicht ein Herr aufgefallen – etwa fünfzig, sehr elegant; mit einer Perle in der Krawatte?»

Er lauerte förmlich auf die Antwort, obwohl er wußte, daß das alles sinnlos war. Er fühlte, wie die Angst langsam und schmerzhaft nach seinem Herzen griff.

«Nein, ich glaube nicht», sagte der Liftboy. «Hier kommen und gehen so viele Menschen . . .»

Natürlich. War ja nicht anders zu erwarten. Kein Grund, enttäuscht zu sein.

In seinem Zimmer schloß er die Tür hinter sich ab – eine alte Gewohnheit; er hatte schon immer eine Schwäche für Sperriegel und Sicherheitsschlösser. Jetzt ließ er sich davon tyrannisieren. Er rasierte sich, zog sich sorgfältig an. Das gehörte zum Spiel. Seine Hände zitterten ein bißchen. Seine Augen, die er im Badezimmerspiegel betrachtete, glänzten, als ob er Lampenfieber hätte. Gelassen ging er die breite Treppe hinunter und steuerte auf die Bar zu, eine Hand in der Tasche seines Zweireihers, als ob er eine Verabredung mit einem alten Freund hätte. Ein schneller Blick auf die Gäste. Er setzte sich an die Bar.

«Whisky!»

Zu beiden Seiten einer schmalen Tanzfläche saßen die Gäste. Hier und da standen kleine Gruppen von Herren und unterhielten sich. Auf Gläsern und Flaschen tanzten Lichtreflexe. Die Kapelle spielte langsame Tanzmusik, die einem unter die Haut ging. Das Leben war wunderbar. Flavières trank seinen Whisky, gierig und in kleinen Schlucken. Das Fieber kam wieder. Er war bereit . . . Wozu eigentlich?

«Noch einen!»

Er war bereit, ihr zu begegnen. Er war stark genug. Nur einmal sehen wollte er sie, dann würde er gehen; mehr verlangte er nicht . . . Vielleicht im Speisesaal? Er ging in den riesigen Saal, wo sich ein Kellner seiner bemächtigte und ihn zu einem Tisch führte.

«Monsieur ist allein?»

«Ja», sagte Flavières zerstreut.

Er war geblendet von den vielen Lichtern und eingeschüchtert. Etwas unbeholfen ging er zu einem Stuhl, wagte noch nicht, die anderen Gäste zu mustern. Er wählte ein paar Gänge aus, ohne viel zu überlegen. Dann sah er sich gelangweilt um im Saal.

Viele Offiziere, ganz wenige Damen. Niemand beachtete ihn; keiner interessierte sich für ihn in seiner Ecke ... Plötzlich begriff er, daß er seine Zeit vergeudete, daß er eine viel zu lebhafte Phantasie hatte, daß das Paar, das er auf der Leinwand gesehen hatte, gar nicht in diesem Hotel abgestiegen sein konnte. Die Kamera hatte die beiden zufällig eingefangen. Sie waren vielleicht gerade aus dem Auto gestiegen oder aus einem benachbarten Hotel gekommen. Was nun? Sollte er etwa die ganze Stadt durchsuchen? Und warum? Nur, um eine Frau wiederzufinden, die Ähnlichkeit hatte mit ...? Um eine Liebe wiederzufinden, die zu Asche verbrannt war?

Er zwang sich, etwas zu essen. Er war schrecklich allein. Er hatte sich die Reise von Paris in den Süden vorgenommen, um an dem pulsierenden Leben teilzuhaben, an Freude und Haß, die von Europa Besitz ergriffen hatten. Eine Pilgerreise? Nur ein Vorwand. Und an diesem Abend war er nichts als ein Stück Strandgut, das die Flut zurückgelassen hat. Es blieb ihm nichts anderes übrig, als nach Dakar zurückzugehen und seinen trostlosen Beruf wieder aufzunehmen. Dort gab es auch Sanatorien – wenn er wirklich gesund werden wollte ...

«Kaffee? Likör?»

«Einen Mirabelle.»

Die Stunden vergingen. Er rauchte eine Zigarette nach der anderen. Seine Augen waren trüb, auf seiner Stirn bildeten sich winzige Schweißperlen. An den Nachbartischen stand man auf. Stühlerücken, Tellergeklapper. Wozu sollte er acht Tage hierbleiben? Morgen würde er nach Nizza fahren, sich ein bißchen ausruhen, bevor er Frankreich endgültig verließ.

Er erhob sich. Sämtliche Glieder taten ihm weh von der langen Reise. Der Speisesaal hatte sich geleert. Die Spiegel gaben seine hagere Silhouette wider, die sich zögernd dem Ausgang näherte. Langsam stieg er die Treppe hinauf. Er hoffte auf eine letzte Chance. Aber er begegnete nur zwei Amerikanern, die die Stufen hinunterrannten.

In seinem Zimmer angekommen, warf er seine Sachen auf einen Sessel und legte sich ins Bett. Es dauerte lange, bis er eingeschlafen war. Er hatte die ganze Zeit das Gefühl, etwas zu suchen, das sich vor ihm versteckte.

Als er am Morgen die Augen aufschlug, hatte er den Geschmack von Blut auf der Zunge; er fühlte sich erschöpft. Mutlos stand er auf. Es hatte ja so kommen müssen. Er war selber schuld an allem. Wenn er Madeleine nur damals hätte vergessen können! Wenn er sich nur nicht so in seine Trauer hineingesteigert hätte! Wenn er mit seiner Gesundheit nur nicht solchen Raubbau getrieben hätte ... Jetzt war es vielleicht zu spät. Oh, wie er diese Frau haßte! Vorsichtig strich er sich über die Augen, legte eine Hand auf die Stirn, wie er es in letzter Zeit öfter tat. Seine Krankheit ... Dort, wo er hinging, würde man nett zu ihm sein.

Er zog sich an. Plötzlich hatte er es eilig, sich nach einem Zug zu erkundigen. Marseille mit seinem Rauch und Qualm, seinem Lärm, mit seiner lauten Geschäftigkeit gefiel ihm gar nicht mehr. Er sehnte sich danach, von Schwestern in weißen Kleidern gepflegt zu werden. Er sehnte sich nach Stille. Er bastelte an einer neuen Geschichte, um mit dem quälenden Gedanken fertig zu werden, der immer wieder in ihm aufblitzte, sich in sein Gehirn fraß: *Ich bin verrückt!*

Er verließ das Zimmer. Seine Schritte waren nicht zu hören auf dem dicken Teppich im Korridor. Der Kopf tat ihm immer noch weh. Er stieg die Treppe hinunter, Stufe für Stufe, holte tief Luft und ging zur Rezeption. In einem kleinen Salon, dessen Flügeltür weit offen stand, saßen ein paar Gäste beim Frühstück. Ganz normale Leute, die mit mahlenden Kiefern aßen. Abstoßend! Flavières sah einen dicken Mann ...

Das war doch nicht möglich!

Ein Mann mit einer Perle ... Mein Gott – war er es wirklich?

Elegant gekleidet, etwa fünfzig, der gerade ein Brötchen halbierte und sich mit einer jungen Frau unterhielt. Sie saß mit dem Rücken zu Flavières. Sie hatte braune, sehr lange Haare, die zum Teil durch den Pelzmantel verdeckt wurden, den sie um die Schultern gelegt hatte. Flavières hätte in den Salon gehen müssen, um ihr Gesicht zu sehen ... Er würde hineingehen, später. Im Augenblick war er zu verwirrt. Alles, was er jetzt tat, mußte wohlüberlegt sein. Und außerdem ... die beiden interessierten ihn überhaupt nicht!

Im nächsten Augenblick erkundigte er sich leise bei dem Mann an der Rezeption: «Der Herr da drüben ... Ziemlich kahl ... Der sich mit der Dame im Pelzmantel unterhält. Wissen Sie, wer das ist?»

«Monsieur Almaryan.»

«Monsieur Almaryan, so ... Und was macht er?»

Der Mann kniff ein Auge zu. «Ein bißchen hier, ein bißchen da ... Im Moment kann man viel Geld verdienen. Und das tut er.»

«Ist das seine Frau?»

«Sicher nicht ... Er behält sie nie lange, wissen Sie.»

«Haben Sie einen Fahrplan?»

«Natürlich, Monsieur.»

Flavières setzte sich in die Halle und tat so, als studiere er das Kursbuch. Dann sah er auf. Von seinem Sessel aus konnte er die Frau besser beobachten. Er war sich seiner Sache jetzt sicher: Madeleine!

Sie war es.

Sie hatte sich verändert, war älter geworden. Ihr Gesicht war etwas voller ... Es war eine andere Madeleine, aber sie war es! Sie war es wirklich!

Er ließ sich langsam in den Sessel zurücksinken und lehnte den Kopf an. Er hatte nicht einmal mehr die Kraft, ein Taschentuch aus seiner Tasche zu holen und sich den Schweiß vom Gesicht zu wischen. Er hatte Angst, das Bewußtsein zu verlieren, wenn er sich bewegte. Er schloß die Augen. Madeleines Bild war in sein Gedächtnis eingebrannt. Ich sterbe, wenn sie es ist, dachte er. Das Kursbuch glitt ihm aus den Händen.

Langsam kam wieder Leben in ihn. Er würde nicht den Kopf verlieren, bloß weil er eine Doppelgängerin von Madeleine gesehen hatte! Er schlug die Augen auf... Nein! Kein Zweifel! Er wußte jetzt so sicher, daß es Madeleine war dort drüben neben diesem fetten Almaryan, wie er wußte, daß er Flavières war. Er litt unbeschreiblich, denn er wußte ja zugleich, daß Madeleine tot war...

Almaryan stand auf und bot der Frau im Pelzmantel den Arm. Flavières bückte sich nach dem Kursbuch und blieb so lange in dieser Haltung, bis die beiden an ihm vorbei waren. Er sah die zierlichen Schuhe, den Saum des Pelzmantels. Als er sich wieder aufrichtete, sah er sie im Aufzug. Das Gitter zeichnete auf Madeleines Gesicht ein Netz aus Schatten. Wie ein Schleier sah das aus. Er spürte, wie die alte Wunde wieder aufbrach. Mit unsicheren Schritten ging er zur Rezeption, warf das Kursbuch auf den Tisch. Hatte sie ihn wiedererkannt?

«Wollen Sie Ihr Zimmer behalten, Monsieur?»

«Natürlich!» sagte Flavières ungehalten.

Damit war sein Schicksal besiegelt. Er wußte das.

Den ganzen Vormittag trieb er sich im Alten Hafen herum, immer die Sonne suchend. Krieg und wirtschaftlicher Aufschwung begegneten sich hier. Die alten Steine erzitterten, wenn die Lastwagen vorüberfuhren. Flavières stürzte sich förmlich in das Treiben, in die Menschenmenge. Das Gedränge konnte nicht groß genug sein. Nur so ließ sich seine Angst etwas betäuben.

Er hatte doch ihre Leiche gesehen ... Auch Gévigne hatte sie gesehen und die alte Frau, die Madeleine gewaschen und angezogen hatte. Und die Gendarmes. Zehn Personen hatten die Leiche identifiziert ... Also war es nicht Madeleine, die bei Almaryan war.

Er trank einen Pastis in einer Bar an der Canebière. Nur einen. Schon spürte er eine leichte Betäubung. Er zündete sich mit dem Feuerzeug eine Zigarette an. Wenigstens das Feuerzeug war Realität! Es lag in seiner Hand, seine Finger hatten es blank gerieben in stummem Gebet. Es war sein Rosenkranz. Madeleine hatte den Tod gesucht. Und vor ihr Pauline ... Und trotzdem ... Er ging wieder zum Whisky über, weil der Gedanke, der sich in seinem Gehirn immer mehr festsetzte, so ungeheuerlich war. Er mußte sich voll konzentrieren, um ihn gründlich zu prüfen ... Er konnte sich genau an ihr Gespräch im Louvre erinnern: *Ich bin schon einmal hier gewesen mit einem Mann,* hatte Madeleine gesagt; *er hatte Ähnlichkeit mit Ihnen ...*

Wie klar er plötzlich sah! Damals hatte er sie nicht verstehen können. Er war so voller Lebensfreude gewesen, so glücklich. Unglück und Krankheit hatte er damals noch nicht gekannt ... Jetzt war er bereit, die unglaubliche und zugleich tröstliche Wahrheit zu akzeptieren. So wie Pauline sich den Körper von Madeleine ausgeliehen hatte, so hatte Madeleine ... Vielleicht hatte er schon einmal in dieses tiefblaue Meer geschaut – und wußte es nur nicht mehr ... Vielleicht war auch er schon einmal gestorben. Oder sogar öfter ... Mein Gott, wenn er nur genau wüßte! Madeleine wußte es ... Wovor fürchtete er sich eigentlich? Wieder aufzuwachen? Nicht mehr an das Wunder glauben zu können? Enttäuscht zu werden? Nein. Er hatte Angst, sie wiederzusehen, mit ihr zu reden. Er mußte mit ihr sprechen! Aber konnte er in ihre Augen sehen, ihre Stimme hören, ohne den Verstand zu verlieren?

Er stand schwankend auf, ging ins Hotel zurück und zog sich zum Abendessen um. Er entschied sich für einen schwarzen Anzug.

Von der Bar aus sah er sie im Speisesaal. Sie hatte das Kinn auf die gefalteten Hände gestützt und schien zu träumen. Almaryan sprach leise mit dem Maître d'hôtel. Vielleicht versuchte er, etwas zu essen zu bekommen, das es für gewöhnliche Sterbliche nicht gab. Flavières setzte sich, hob die Hand, und der Kellner, der ihn inzwischen gut kannte, stellte ein volles Glas vor ihn hin. Auf der erhöhten Tanzfläche wurde getanzt, und durch die weitgeöffnete Tür des Speisesaals sah man die Gäste an ihren Tischen.

Sie sah traurig aus. Ihre Traurigkeit faszinierte ihn. Früher hatte Gévigne sie verwöhnt ... Komisch, daß Unbekannte sie beerbt hatten und daß sie dann so arm war, daß sie sich von diesem Almaryan aushalten lassen mußte. Er sah übrigens aus wie ein listiger Scheich.

Madeleine trug häßliche Ohrringe und hatte die Nägel grell lackiert. Die andere Madeleine hatte mehr Stil gehabt ... Flavières kam das alles wie ein schlechter Film vor mit einer Anfängerin in der Hauptrolle. Sie aß kaum etwas und nippte nur ab und zu an ihrem Glas. Sie schien erleichtert zu sein, als Almaryan aufstand. Sie gingen in die Bar und suchten dort einen freien Tisch. Flavières drehte sich auf seinem Hocker um. Er hörte, wie Almaryan zwei Kaffee bestellte. War das der Augenblick? Nie würde er den Mut haben ... Er hielt dem Barkeeper einen Geldschein hin und glitt von seinem Hocker. Er brauchte sich nur noch umzudrehen und drei Schritte zu gehen. Vier Jahre voller Alpträume fielen dann von ihm ab. Vergangenheit und Gegenwart würden sich miteinander aussöhnen. Madeleine wäre wieder da, als ob sie sich gestern abend nach einem Spaziergang in Versailles getrennt hätten. Vielleicht hatte sie sogar vergessen, auf welche Weise sie sich davongestohlen hatte ... Er machte tatsächlich die drei Schritte, verbeugte sich höflich und forderte sie zum Tanzen auf. Ein paar Sekunden lang sah er Almaryan ganz aus der Nähe, seine gelblichen Wangen, seine feuchten Augen, die von einem samtigen Schwarz waren. Madeleines Gesicht, das zu ihm aufsah, zeigte nur Langeweile. Sie nickte mißmutig. War es denn möglich, daß sie ihn nicht erkannt hatte? Sie tanzten aneinandergeschmiegt. Flavières' Kehle war wie zugeschnürt. Er hatte das Gefühl, gegen ein Gebot zu verstoßen.

«Ich heiße Flavières», sagte er leise. «Sagt Ihnen der Name nichts?»

Sie tat so, als überlegte sie.

«Nein, tut mir leid ... Wirklich nicht.»

«Und Sie? Wie heißen Sie?»

«Renée Sourange.»

Fast hätte er protestiert, aber er begriff, daß sie sich in ihrem Wesen verändert hatte. Das verwirrte ihn. Verstohlen betrachtete er sie. Die Stirn, die blauen Augen, die Linie von Nase und Wangen – jedes Detail dieses geliebten Gesichts hatte er unzählige Male in seinen Träumen vor sich gesehen. Es war das Gesicht von damals. Wenn er die Augen geschlossen hätte, hätte er sich in den Louvre versetzt gefühlt, damals, als er sie zum erstenmal, zum einzigenmal, in die Arme genommen hatte ... Die Frisur der neuen Madeleine war unvorteilhaft. Der Mund war welk, trotz Make-up. Irgendwie fand er es aber besser so. Er wagte sogar, sie an sich zu ziehen. Er fühlte, daß sie lebte, so wie er. Zuerst war ihm der Gedanke gekommen, sie könnte eine Halluzination sein. Aber er hatte eine Frau im Arm, und er schämte sich, daß er sie begehrte. Er empfand das als Sakrileg.

«Haben Sie vor dem Krieg auch schon in Paris gelebt?»

«Nein. In London.»

«Ach ja ... Malen Sie?»

«Nein ... Das heißt, ab und zu male ich schon, aber ich habe erst vor kurzem damit angefangen.»

«Waren Sie schon einmal in Rom?»

«Nein.»

«Warum sagen Sie mir nicht die Wahrheit?»

Sie sah ihn an. Ihr Blick war offen, ein bißchen abwesend. «Warum sollte ich Sie belügen?»

«Heute morgen haben Sie mich in der Halle gesehen. Sie haben mich wiedererkannt. Und jetzt tun Sie so, als ob ...»

Sie versuchte, sich loszumachen, aber Flavières hielt sie fest. Wie gut, daß das Orchester ununterbrochen spielte!

«Verzeihen Sie», sagte er.

Immerhin hatte Madeleine viele Jahre nicht gewußt, daß sie Pauline war. Warum also sollte Renée jetzt wissen, daß sie Madeleine war? – Ich muß besoffen sein! dachte Flavières.

«Ist er eifersüchtig?» fragte er und machte eine Kopfbewegung zu Almaryan.

«O nein», sagte sie traurig.

«Schwarzmarkt, ja?»

«Scheint so. Sie auch?»

«Nein. Ich bin Anwalt ... Ist er sehr beschäftigt?»

«Ja. Er ist oft unterwegs.»

«Dann kann ich Sie tagsüber sehen?»

Sie antwortete nicht. Seine Hand glitt über ihren Rücken bis zur Taille.

«Wenn Sie mich brauchen», sagte er leise, «Zimmer 17 ... Werden Sie's auch nicht vergessen?»

«Nein ... Ich muß jetzt zu ihm.»

Almaryan las zigarrerauchend den *Dauphiné liberé*.

«Ich glaube, er kann sehr gut ohne Sie auskommen», sagte Flavières. «Bis morgen.»

Er verbeugte sich und durchquerte die Halle. Er hatte ganz vergessen, zu Abend zu essen. Im Aufzug fragte er den Liftboy.

«Wissen Sie die Zimmernummer von Almaryan?»

«Appartement 11, Monsieur.»

«Und die Dame? Wie heißt sie?»

«Renée Sourange.»

«Ist das ihr wirklicher Name?»

«Jedenfalls der, der in ihrem Paß steht.»

Er gab ein großzügiges Trinkgeld. Was hätte er darum gegeben, wenn er gewußt hätte ... Mit Sicherheit gewußt hätte! Bevor er zu Bett ging, trank er noch ein paar Gläser Wasser, aber der Nebel in seinem Kopf blieb. – Sie hätte ihn doch erkennen müssen! Da stimmte doch was nicht! Entweder sie spielte Theater, oder sie war nicht Madeleine!

Als er am nächsten Morgen aufwachte, quälte ihn sofort wieder die gleiche Frage. Wütend sagte er sich, daß es höchste Zeit war, den Arzt in Nizza aufzusuchen. Er wurde rot vor Scham, als er an seine Hirngespinste vom vergangenen Abend dachte. Er hatte nichts mehr in Marseille verloren. Nur seine Gesundheit war jetzt wichtig. Zum Teufel mit dieser Frau, die so viel Ähnlichkeit mit Madeleine hatte!

Trotzdem wartete er sehnsüchtig darauf, daß Almaryan verschwinden würde. Als die Luft rein war, ging er zu Appartement Nummer 11 und klopfte ein Stakkato an die Tür, wie man es unter Freunden tut.

«Wer ist da?»

«Flavières.»

Sie öffnete. Ihre Augen waren rot und verschwollen. Sie war noch im Negligé.

«Was ist los, Renée?»

Sie fing wieder an zu weinen. Er schloß die Tür und schob den Riegel vor.

«Ist ja gut, Kleines ... Sagen Sie mir, was passiert ist.»

«Er will ... Er will mich verlassen», schluchzte sie.

Flavières musterte sie ungeniert. Natürlich war das Madeleine. Da gab es keinen Zweifel. Sie hatte ihn mit Almaryan betrogen, vielleicht auch noch mit anderen. Er ballte die Fäuste in den Taschen. Sein Lächeln war wie eine Maske. Er sagte:

«Lassen Sie ihn doch ziehen! Ich bin auch noch da.»

Renée schluchzte noch heftiger.

«Nein!» rief sie. «Nein ... Nicht Sie!»

«Und warum nicht?» Er beugte sich zu ihr herab.

3

Sehr geehrter Herr Direktor,

ich kann Ihnen mitteilen, daß die gewünschte Summe auf Ihr Konto in Marseille überwiesen wurde. Diese Überweisung ist zwar für Ihre Vermögenslage problemlos, aber ich möchte darauf hinweisen, daß diese Art von Transfer nicht zulässig ist. Eine Wiederholung würde sich nachteilig für die Firma auswirken.

Ich hoffe, daß Ihre Gesundheit wiederhergestellt ist und daß Sie uns bald Ihre Rückkehr mitteilen. Hier ist alles in Ordnung. Die Geschäfte sind zufriedenstellend.

Mit vorzüglicher Hochachtung
J. Traboul

Wütend zerriß Flavières den Brief. Warum verlor er eigentlich die Fassung wegen so einer Bagatelle?

«Eine schlechte Nachricht?» fragte Renée.

«Nein. Mich regt nur dieser Idiot von Traboul auf.»

«Wer ist das?»

«Mein Stellvertreter. Er tut immer so, als ob die Welt morgen untergeht. Dabei hat mir Ballard Ruhe verordnet ... Ruhe!»

«Komm», sagte er nach einer Weile, «laß uns ein bißchen frische Luft schnappen.»

Er vermißte sehr das geräumige Appartement im *Waldorf*. Die Zimmer im *Hotel de France* waren klein und häßlich und außerdem wahnsinnig teuer. Aber hier würden sie wenigstens Almaryan nicht in die Arme laufen ... Er nahm eine Zigarette aus seinem Etui und zündete sie mit einem Streichholz an. Er wagte nicht, das Feuerzeug zu benutzen. Sie machte sich vor dem Spiegel am Schrank zurecht und kämmte sich.

«Ich mag diese Frisur nicht!» brummte er. «Kannst du dich nicht ein bißchen anders frisieren?»

«Wie denn?»

«Ich weiß nicht. Vielleicht einen Chignon?»

Er hatte es so dahergesagt, ohne zu überlegen. Am liebsten hätte er sich die Zunge abgebissen. Das führte doch nur wieder zu Auseinandersetzungen. Und er war so mürbe von den ewigen Streitereien. Und dann die Versöhnungen, die keine waren! Sie lebten wie zwei wilde Tiere, die man in einen Käfig gesperrt hat. Sie knurrten sich zähnefletschend an, und wenn sie nebeneinanderlagen, träumten sie von der Freiheit.

«Ich warte unten.»

Er ging hinunter und sofort in die Bar. Wütend sah er den Barkeeper an, weil der lächelte. Dieses komplizenhafte Lächeln machte ihn rasend. Sie waren alle gleich hinter ihren Theken! Katzenfreundlich fragten sie einen nach seinen Wünschen; man hatte immer das Gefühl, daß sie einem das Fell über die Ohren ziehen wollen ... Er konnte es sich jetzt leisten zu trinken. Er war seiner Sache ganz sicher. Sie konnte sagen, was sie wollte – er wußte, daß sie es war. Komischerweise waren seine Gefühle ihr gegenüber eher die eines Vaters als die eines Geliebten. Wie selten war sie seine Geliebte! Aber es fiel ihm nicht schwer, auf diese Art von Liebe zu verzichten. Manchmal war er sogar ein bißchen schockiert, daß Madeleine Freude daran hatte. Das, was er an ihr liebte, von Anfang an geliebt hatte, war ... Er suchte nach dem richtigen Wort: ... daß sie nicht ganz irdisch war.

Dabei schien sie sich jetzt wirklich Mühe zu geben, wie andere Frauen zu sein. Sie wollte Renée sein, und nur Renée ... Wie würde er reagieren, wenn sie ihm die Wahrheit sagte? Dann würde er sich nicht mehr so einsam fühlen. Eigentlich war er derjenige, der gestorben war ... Und sie lebte.

Als er sie die Treppe herunterkommen sah, lächelte er abfällig. Das Kleid saß nicht, paßte nicht zu ihr. Die Farben waren gräßlich. Die Schuhe waren unelegant, weil die Absätze zu niedrig waren. Und außerdem hätte man ihr Gesicht ein bißchen ummodellieren müssen. Die Backenknochen müßten etwas mehr hervorstehen, die Augenbrauen kräftiger, lebhafter gezeichnet sein. Nur die Augen waren vollkommen. Es waren Madeleines Augen ... Flavières zahlte und ging ihr entgegen. Am liebsten hätte er sie in die Arme genommen.

«Ich habe mich beeilt», sagte sie.

Er unterdrückte seinen Unmut. Sie fand nicht mehr die Worte, die ihn erreichten. Er ärgerte sich sogar über die Art, wie sie ihre Hand unter seinen Arm schob. Sie war zu unterwürfig, zu unsicher. Wahrscheinlich hatte sie sogar ein bißchen Angst vor ihm. Nichts brachte ihn mehr auf als das. Schweigend gingen sie nebeneinanderher. Wenn mir das einer vor einem Monat prophezeit hätte, dachte er; ich wäre vor Glück gestorben ... Aber er war noch nie in seinem Leben so unglücklich gewesen.

Sie wollte vor den Schaufensterauslagen stehenbleiben, aber er zog sie jedesmal fort. Er fand ihre Art, sich an seinem Arm schwer zu machen, vulgär und oberflächlich.

«Du hast dir doch im Krieg sicher nichts kaufen können», sagte er nach einer Weile.

«Überhaupt nichts», sagte sie leise.

Es rührte ihn, daß sie das zugab. «Hat Almaryan dir das Fähnchen gekauft?» Er wußte, daß er sie damit verletzen würde, aber er hatte die Frage nicht zurückhalten können.

Ihre Finger verkrampften sich auf seinem Arm. «Ich war froh, als ich es gefunden hatte; das kannst du mir glauben!»

Jetzt war sie böse. Dieses Spiel spielten sie täglich. Aber er würde nicht aufgeben!

«Na, hör mal ...» begann er wütend. – Ach, was sollte das alles! Er zog sie in Richtung Stadtzentrum.

«Geh nicht so schnell!» sagte sie. «Ich denke, wir gehen spazieren.»

Er antwortete nicht. Jetzt war er es, der vor den Schaufenstern stehenblieb. Endlich fand er, wonach er gesucht hatte.

«Komm mit rein!»

Der Empfangschef verbeugte sich.

«Damenkleider?» fragte Flavières arrogant.

«Erste Etage. Der Aufzug ist dort hinten.»

Er war diesmal fest entschlossen. Und Traboul würde zahlen! Eine wilde Freude flammte in ihm auf: Bald würde sie es zugeben! Er mußte sie dazu bringen ... Der Liftboy schloß das Gitter. Der Aufzug glitt nach oben.

«Chéri ...» flüsterte Renée.

«Sei still!» Er ging auf eine Verkäuferin zu. «Zeigen Sie uns ein paar Kleider. Das Eleganteste, was Sie haben.»

«*Oui,* Monsieur.»

Flavières setzte sich. Er war außer Atem, als ob er eine furchtbare Anstrengung hinter sich hätte. Die Verkäuferin breitete auf einem langen Tisch alle möglichen Modelle aus und beobachtete dabei Renées Gesicht. Flavières deutete plötzlich gebieterisch auf ein Kleid.

«Das da!»

«Das schwarze?» fragte die Verkäuferin erstaunt.

«Ja.» Und zu Renée gewandt: «Ziehst du das mal an? – Tu mir den Gefallen.»

Sie zögerte, wurde rot, ging aber gehorsam mit der Verkäuferin in eine Kabine. Flavières stand auf und marschierte nervös hin und her. Es war wie damals, wenn er auf sie gewartet hatte. Das Herz schlug ihm bis zum Hals; er atmete schwer. Seine Hand schloß sich fest um das Feuerzeug in seiner Tasche. Und weil ihm die Zeit zu lang wurde, suchte er auch noch ein Kostüm aus. Es mußte ein graues sein. Aber er fand nicht das richtige Grau, wie er es in Erinnerung hatte. Wahrscheinlich war in seiner Erinnerung alles anders ... Die Tür zur Umkleidekabine quietschte. Mit einem Ruck drehte er sich um.

Derselbe Schock wie im *Waldorf*.

Es ging ihm durch Mark und Bein. Madeleine war wieder auferstanden. Sie erstarrte plötzlich, als ob sie ihn wiedererkannt hätte. Sie ging langsam auf ihn zu. Sie war sehr blaß, und in ihren Augen lag die gleiche traurige Frage wie damals. Er streckte ihr seine magere Hand entgegen, ließ sie aber plötzlich wieder fallen. Nein, Madeleines Bild war noch nicht vollkommen – wie hatte er die Ohrclips übersehen können! Sie zerstörten alles.

«Nimm sie ab!» befahl er leise. Und als sie nicht gleich begriff, rissen seine Hände den protzigen Schmuck von den Ohrläppchen. Er trat einen Schritt zurück, fühlte verzweifelt seine Ohnmacht. Noch war Madeleine nicht vollkommen!

«Gut», sagte er zu der Verkäuferin. «Madame behält das Kleid an ... Das Kostüm hat die gleiche Größe? Packen Sie es ein. – Wo ist die Schuhabteilung?»

Renée ließ alles mit sich geschehen. Vielleicht ahnte sie, warum Flavières jedes Paar Schuhe lang und sinnend betrachtete. Er schien mit sich selbst nicht ins reine zu kommen. Irgend etwas hatte er immer auszusetzen. Einmal waren es die Absätze, einmal die Form, die ihm nicht gefiel. Schließlich entschied er sich für ein Paar zierliche Schuhe aus glänzendem Leder.

«Laß sehen ... Geh ein paar Schritte!»

Auf den hohen Absätzen erschien sie plötzlich schlanker. Sie hatte einen ganz anderen Gang – weicher, sinnlicher. Und das enge schwarze Kleid ... Phantastisch!

«Das reicht!» rief Flavières. Und als die Verkäuferin erstaunt zu ihm aufsah: «In Ordnung! Die nehmen wir ... Packen Sie die anderen ein!» Er nahm seine Begleiterin bei der Hand und führte sie zu einem Spiegel: «Sieh dich an!» sagte er drängend. «Sieh dich an, Madeleine!»

«Ich bitte dich ...» flehte sie.

«Dann eben noch mal ... Sieh dir diese Frau in dem schwarzen Kleid an: Das ist doch nicht Renée ... So erinnere dich doch!»

Sie litt. Entsetzen breitete sich auf ihrem Gesicht aus, auch auf ihrem Spiegelbild. Er zog sie zum Aufzug. Die Haare wollte er sich später vornehmen. Wichtiger war jetzt das Parfum, dieses Phantom der Vergangenheit ... Es gab kein Zurück mehr – ganz gleich, was auch passieren würde.

Aber das Parfum war nirgends aufzutreiben.

«Nein ... Ich weiß wirklich nicht, was Sie suchen», sagte die Verkäuferin.

«Wie soll ich es Ihnen nur beschreiben ... Es ist der Duft von frischer Erde, von verwelkten Blumen ...»

«Vielleicht Chanel Nr. 3?»

«Möglich.»

«Das wird nicht mehr hergestellt. Versuchen Sie es einmal in einer kleinen Boutique; die haben es manchmal noch ...»

Renée zog ihn am Ärmel. Nachdenklich stand er vor den vielen Flakons in ihren raffinierten Formen. Ohne dieses Parfum war die Beschwörung nicht vollständig, nicht perfekt ... Endlich gab er auf. Er erstand noch einen Hut für Madeleine, einen kleinen schwarzen Hut mit einem Schleier. Während er bezahlte, betrachtete er sie aus den Augenwinkeln. Wie vertraut war sie ihm! Sein Herz wurde versöhnlich gestimmt. Er nahm ihren Arm.

«Warum das alles?» fragte sie.

«Warum? Ich will, daß du zu dir zurückfindest. Ich will die Wahrheit herausfinden.»

Sie war zusammengefahren. Er spürte ihre Abwehr, aber er hielt ihren Arm nur noch fester. Noch einmal würde er sie nicht gehen lassen! Und irgendwann würde sie nachgeben und ihm alles sagen.

«Ich will, daß du die Schönste bist», fuhr er fort. «Einen Almaryan gibt es nicht mehr, hat es nie gegeben!»

Sie gingen nebeneinander her, spürten die Wärme des anderen. Da überkam ihn wieder seine Besessenheit.

«Du kannst nicht Renée sein», sagte er. «Keine Angst, ich rege mich nicht auf ... Ich bin ganz ruhig.»

Sie seufzte. Und plötzlich ging es mit ihm durch.

«Ja, ich weiß, du bist Renée. Du hast in London gelebt, bei deinem Onkel Charles, dem Bruder deines Vaters. Du bist in Dambremont in den Vogesen geboren, in einem kleinen Dorf an einem Fluß ... Du hast mir das alles erzählt, aber es ist nicht die Wahrheit. Es kann nicht die Wahrheit sein! Du irrst dich!»

«Fang nicht schon wieder damit an!» flehte sie.

«Tu ich ja gar nicht. Ich behaupte nur, daß in deinen Erinnerungen etwas nicht stimmt. Du mußt einmal krank gewesen sein, früher einmal. Sehr krank sogar.»

«So glaub mir doch ...»

«Es gibt Krankheiten, die haben eigenartige Nachwirkungen.»

«Ich würde mich doch erinnern ... Mit zehn hatte ich Scharlach. Das ist alles.»

«Nein, das ist nicht alles.»

«Du bringst mich noch um!»

Er zwang sich zur Geduld, als ob sie krank sei oder ein zerbrechliches Wesen, mit dem man behutsam umgehen muß. Aber ihre Hartnäckigkeit reizte ihn zur Weißglut.

«Ich weiß fast nichts über deine Kindheit», fuhr er fort. «Sei so lieb und erzähl mir von dir.»

Und da sie gerade vor dem Museum Grobet-Labadie standen, sagte er: «Laß uns hineingehen. Dort können wir uns ungestört unterhalten.»

Aber als sie das Vestibül betraten, wußte er, daß seine ganze Qual wiederkehren würde, grausamer als je zuvor. Das Geräusch ihrer Schritte, die Stille, die sie umgab, die Gemälde – alles würde ihn an den Louvre erinnern. Und als Renée ihre Stimme senkte, um die stumme Andacht in den leeren Sälen nicht zu stören, da war es plötzlich Madeleines Stimme. Dieselbe verschleierte Stimme ... Flavières faßte wieder Mut.

Er nahm kaum auf, was sie sagte; er lauschte nur der Musik ihrer Stimme. Sie erzählte von ihrer Kindheit. Und – wie konnte es anders sein – da waren Parallelen zu Madeleines Kindheit und

Jugend: einziges Kind, Waise, Studium an einer Hochschule, Diplom ... Später in England als Übersetzerin tätig ... Flavières war genauso fasziniert von diesem Wesen wie damals von Madeleine. Wieder überkam ihn der Wunsch, sie in seine Arme zu nehmen. Er blieb vor einem Bild stehen. Es stellte den Vieux-Port dar.

«Magst du diese Art von Gemälden?»

«Hm ... Ich weiß nicht. Ich verstehe davon zu wenig.»

Er seufzte und zog sie ein Stück weg von dem Bild. «Erzähl weiter.»

«Was soll ich dir erzählen?»

«Alles. Was du gemacht hast. Was du gedacht hast.»

«Oh, ich war ein kleines Mädchen wie die anderen auch. Vielleicht nicht so lustig und ausgelassen wie die anderen ... Ich habe viel gelesen, vor allem Märchen.»

«Du auch?»

«Wie alle Kinder. Und außerdem war ich viel unterwegs: Unser Haus lag ja in den Bergen. Ich habe mir dann Geschichten erzählt. Ich habe gedacht, daß es im Leben so zugeht wie im Märchen ... So naiv war ich.»

Sie kamen in einen Saal mit Skulpturen aus der Römerzeit. Statuen, Büsten mit leeren Augen und gelockten Haaren träumten auf ihren Sockeln und Konsolen. Flavières fühlte sich bedrückt in diesem Raum. Die Gesichter der Konsuln und Prätoren hatten alle Ähnlichkeit mit Gévigne. Er mußte an Gévignes Worte denken: *Tu mir den Gefallen und paß auf meine Frau auf*... Beide waren sie tot ... Aber Madeleine ging ja neben ihm. Wie damals. Sie war aus Fleisch und Blut.

«Hast du nie in Paris gelebt?» fragte er.

«Nein. Ich bin nur durch Paris gekommen, als ich nach England fuhr.»

«Wann ist dein Onkel gestorben?»

«Letztes Jahr, im Mai. Ich habe meine Stellung verloren. Deshalb bin ich zurückgekommen.»

Verdammt, dachte Flavières; ich verhöre sie ja geradezu – als ob sie etwas verbrochen hätte!

Er wußte nicht, wie das alles weitergehen sollte. Er war verbittert und enttäuscht. Er hörte Madeleine kaum mehr zu. Log sie? Aber warum sollte sie lügen? Und warum hätte sie all die Einzelheiten erfinden sollen? Auch wenn es ihm nicht paßte, er mußte zugeben, daß sie Renée Sourange war und nicht Madeleine.

«Du hörst mir ja gar nicht zu!» sagte sie. «Was hast du?»

«Nichts ... Ich bin nur ein bißchen müde. Die Luft hier ist ja zum Schneiden.»

Im Eilschritt liefen sie durch die Säle zum Ausgang. Flavières atmete erleichtert auf, als er die Sonne wieder sah, den Straßenlärm hörte. Er mußte jetzt allein sein ... Er mußte etwas trinken.

«Ich laß dich für eine Stunde allein. Ich habe noch etwas zu erledigen. Ich muß meine Lebensmittelkarten abholen, die Sonderzuteilung, die mir der Arzt verschrieben hat ... Geh ein bißchen spazieren. Kauf dir was Schönes ... Hier!» Er zog ein paar Geldscheine aus der Brieftasche, bereute aber sofort seine gönnerhafte Almosengeste.

Warum hatte er sie bloß zu seiner Geliebten gemacht! Er hatte alles zerstört; er hatte ein Ungeheuer geschaffen, das weder Madeleine noch Renée war.

«Bleib nicht zu lang!» rief sie.

Als sie sich auf dem sonnenüberfluteten Bürgersteig etwa zwanzig Meter von ihm entfernt hatte, wäre er ihr am liebsten hinterhergerannt. Ihr beschwingter Gang, die Bewegung ihrer Schultern – Madeleine! Sie stand an einer Kreuzung ... Mein Gott! Er hatte sie fortgeschickt; er würde sie verlieren. Es war seine Schuld ... Aber nein, du Trottel! Sie läuft dir nicht davon. Bestimmt nicht; sie ist nicht so dumm. Sie wird brav im Hotel auf dich warten ...

Er ging in ein Café. Er konnte sich kaum noch auf den Beinen halten.

«Einen Pastis!»

Der sonst so wohltuende Alkohol hatte keinerlei Wirkung. Seine Gedanken kreisten ununterbrochen um dasselbe Problem.

Renée war Madeleine, aber Madeleine war nicht in allem Renée. Weder Doktor Ballard noch irgendein anderer Arzt konnte das Rätsel lösen. War es nicht auch möglich, daß er sich einfach geirrt hatte, daß sein Gedächtnis ihm einen Streich spielte? Die wirkliche Madeleine hatte er ja kaum gekannt, die von damals ... Und inzwischen war so viel geschehen ... Aber war es nicht Madeleine, die durch seine Tage und Nächte gegeistert war? Hatte er nicht all die Jahre ihr Bild in sich getragen wie eine Ikone? Er hätte Madeleine mit verbundenen Augen wiedererkannt, er hätte ihre Nähe gespürt. Nein, es war Madeleine. Sie unterschied sich eben von anderen Frauen. Sie war aus einem anderen Stoff. So, wie sie ihm in Paulines Rolle verloren vorgekommen war, so war sie es auch in der von Renée. Als ob sie nicht genau gewußt hätte, in welche Hülle sie schlüpfen sollte. Vielleicht war sie letzten Endes doch Renée ... Nein, das würde er nicht zulassen! Niemals! Renée war nicht mehr jung. Sie war nicht so distinguiert wie Madeleine und hatte nicht deren Charme ... Außerdem wehrte sie sich ja ununterbrochen dagegen, Madeleine zu sein ... Er bestellte noch einen Aperitif.

Was hatte er schon für Beweise? Nichts war nachprüfbar. Er war zwar überzeugt, daß sie Madeleine war, aber das genügte nicht. Er konnte sie ja nicht zwingen, einzusehen, daß sie nur in Renées Haut geschlüpft war ... Er brauchte einen materiellen Beweis.

Der Alkohol begann zu wirken. Flavières dachte angestrengt nach, wie er Licht in das Dunkel bringen könnte. Plötzlich glaubte er, etwas gefunden zu haben, das ihn weiterbringen konnte. Es war nicht einmal schwer, diesen Beweis zu erbringen. Er hatte sich ein paarmal Renées Personalausweis angesehen: *Sourange, Renée, Catherine, geb. am 24. Oktober in Dambremont / Vogesen.* Da konnte er doch ...

Er bezahlte und saß noch eine Weile nachdenklich da. Ja, das war eine Möglichkeit. *Die* Möglichkeit ... Er verließ das Café und fuhr mit der Straßenbahn zur Post.

«Ich möchte ein Gespräch nach Dambremont.»

«Welches Departement?»

«Vogesen.»

«Dambremont?» sagte der Mann hinter dem Schalter. «Das muß zu Gérardmer gehören. Dann ...» Er fragte einen Kollegen: «Das weißt du doch sicher: Dambremont, Vogesen ... Monsieur will ein Gespräch nach Dambremont.»

Der andere hob den Kopf. «Dambremont? Von den Boches völlig zerstört ... Worum geht's denn?»

«Ich brauche eine Geburtsurkunde», sagte Flavières.

«Es gibt kein Standesamt mehr. Nichts. Nur Trümmer.»

«Und? Was kann ich tun?»

Der Mann zuckte die Achseln und schrieb weiter. Flavières drehte sich um und ging. Keine Archive mehr, kein Standesregister. Nichts, außer einem Personalausweis vom Oktober oder November 44 ... Was war schon ein Ausweis? Er bewies immerhin, daß Renée schon gelebt hatte, als Madeleine ... Enttäuscht stieg er die Treppe hinunter. Die Sache hatte einen Haken: Die beiden konnten nicht gleichzeitig gelebt haben ... Und wenn sie nun doch ein und dieselbe Person waren?

Flavières lief ziellos durch die Straßen. Er hätte nichts trinken dürfen. Er hätte nicht zur Post gehen sollen. Vorher hatte er sich wohler gefühlt. Warum konnte er nicht einfach diese Frau lieben, ohne dauernd Fragen zu stellen und dadurch ihr Leben zu vergiften? Und wenn nun die Ähnlichkeit zwischen den beiden Frauen zufällig war? Sollte er nach Dambremont fahren? Er konnte sich selbst nicht mehr ausstehen. – Und wenn sie nun seine ewigen Verdächtigungen und Vorwürfe satt hatte und ihn verließ?

Bei diesem Gedanken wurde sein Schritt schneller. An einer Straßenecke mußte er stehenbleiben, die Hand auf seine Brust pressen. Er hatte Stiche in der Herzgegend ... Dann ging er langsam weiter, ein gebrochener Mann. Arme Madeleine; wie konnte er sie nur so quälen ... Aber warum schwieg sie so hartnäckig? Konnte sie nicht einfach sagen: *Ja, ich war tot. Ich komme aus dem ‹anderen Land›* ...

Jetzt bin ich wirklich wahnsinnig, dachte er; aber vielleicht ist das, was wir Wahnsinn nennen, nichts anderes als Logik im Extrem ... Als er vor dem Hotel stand, fiel sein Blick auf einen Blumenladen. Er kaufte Nelken und Mimosen. Sie würden das Zimmer fröhlicher machen, und sie würde sich nicht mehr so eingesperrt fühlen. In der Enge der Aufzugskabine war der Duft der Blumen überwältigend und rief alte Erinnerungen wach ...

Da war sie schon wieder, die Qual! Ihm wurde fast schlecht. Er trat ins Zimmer und warf die Blumen auf den Tisch. Renée lag auf dem Bett.

«Wie war's?» fragte er. Er stutzte: Weinte sie etwa? O nein – nur das nicht ... Er trat ans Bett. «Was hast du? Sag's mir! Was ist los?» Er nahm ihren Kopf in beide Hände und drehte ihn so, daß das Licht auf ihr Gesicht fiel.

Er hatte Madeleine nie weinen sehen, aber er hatte ihr Gesicht nicht vergessen, damals an der Seine, als ihr das Wasser über die blutleeren Wangen lief. Er schloß die Augen, richtete sich auf.

«Bitte, hör auf zu weinen», sagte er leise. «Du weißt ja nicht ...» Und plötzlich überkam ihn der Zorn. Er stampfte mit dem Fuß auf. «Hör auf! Hör endlich auf!»

Sie richtete sich auf und zog ihn an sich. Sie saßen bewegungslos da. Jeder schien auf etwas zu warten. Endlich legte Flavières den Arm um ihre Schultern.

«Verzeih mir! Ich kenne mich selbst nicht mehr ... Aber du mußt mir glauben: Ich liebe dich!»

Es war Abend geworden. Eine Straßenbahn quietschte. Ab und zu zuckten grüne Blitze von der Oberleitung über die Spiegel im Zimmer. Die Mimosen dufteten nach frischer Erde. Eng aneinandergeschmiegt lagen sie auf dem Bett. Flavières wurde ganz ruhig. Warum weiter nach der Wahrheit suchen? Er fühlte sich wohl neben dieser Frau. Sicher, es wäre ihm lieber gewesen, wenn er Madeleine in seinen Armen gehalten hätte. Aber konnte er sich nicht einfach vorstellen – in der Dämmerung, mit ein bißchen Phantasie –, daß sie es war in ihrem schwarzen Kleid? Daß sie für einen Augenblick zu ihm gekommen war?

«Müssen wir uns nicht fürs Abendessen fertig machen?» fragte sie leise.

«Nein, ich habe keinen Hunger ... Laß uns hierbleiben.»

Die Ruhe war so köstlich. Madeleine würde nur diese Nacht bei ihm sein, nur so lange, wie ihr Gesicht ein heller Fleck an seiner Schulter war ... Madeleine! Er war vollkommen glücklich und gelöst, wie noch nie in seinem Leben. Es gab keine zwei Frauen. Er war ganz sicher ... Jetzt hatte er keine Angst mehr.

«Ich habe keine Angst mehr», sagte er leise.

Sie strich ihm über die Stirn. Er spürte ihren Atem auf seiner Wange. Der Duft der Mimosen wurde immer stärker, erfüllte das Zimmer. Sanft zog er seinen Arm unter ihrem Kopf hervor. Ihre Wärme hatte seinen Körper durchdrungen. Er suchte die Hand, die ihn gestreichelt hatte. Vorsichtig betastete er sie, als ob er die Finger zählen wollte. Er erkannte wieder das zarte Handgelenk, den kurzen Daumen, die gewölbten Fingernägel. Wie hatte er das alles nur vergessen können ... Gott, war er müde! Er sank in Halbschlaf. Er träumte. Er sah eine Hand auf dem Lenkrad liegen; dieselbe Hand, die auch das blaue Seidenband aufgeknüpft und die Karte mit der Aufschrift *Für die wiedererstandene Eurydike* zerknüllt hatte ... Er öffnete die Augen. Neben ihm lag ein ausgestreckter Körper. Er lauschte auf die Atemzüge. Dann beugte er sich über sie und küßte ihre geschlossenen Augen.

«Willst du mir nicht sagen, wer du bist?» flüsterte er.

Sie weinte wieder. Nachdenklich nahm er ihre warmen Tränen mit seinen Lippen auf. Dann suchte er unter dem Kopfkissen nach seinem Taschentuch, fand es aber nicht.

«Ich bin gleich wieder da.»

Leise ging er ins Badezimmer, schloß die Tür und knipste das Licht an. Dort lag Renées Handtasche auf dem Toilettentisch zwischen all den Fläschchen und Dosen. Er öffnete sie und tastete nach einem Taschentuch. Seine Finger fanden aber kein Taschentuch, sondern etwas, das ihn hellwach werden ließ ... Längliche Perlen. Ein Kollier. Ja, es war ein Kollier. Er hob die Kette gegen das Licht. Goldene Reflexe liefen durch die Perlen ... Bernstein! Seine Hände zitterten.

Er täuschte sich nicht. Es war das Kollier von Pauline Lagerlac.

4

«Du trinkst zuviel!» sagte Renée.

Sie sah sich verstohlen um. Hoffentlich hatte das niemand gehört! Seit ein paar Tagen benahm sich Flavières sehr sonderbar. Das war den anderen Gästen sicher auch nicht entgangen. Er schüttete den Alkohol in sich hinein, war bleich und hatte rote Flecken im Gesicht.

«Es ist nicht der miese Burgunder, der mir in den Kopf gestiegen ist.»

«Trotzdem ... Du solltest auf mich hören!»

«Ja, ich weiß. Ich habe immer alles falsch gemacht. Es ist nicht das erste Mal, daß ich das zu hören kriege.» Er war wütend.

Renée sah auf die Menükarte. Sie konnte seine harten, verzweifelten Augen, die sie durchbohrten, nicht ertragen.

Der Kellner kam zu ihrem Tisch. «Was wünschen Sie als Dessert?»

«Ein Petit four», sagte Renée.

«Für mich auch», sagte Flavières. Als der Kellner gegangen war, beugte er sich zu ihr. «Du ißt so gut wie nichts ... Früher hattest du mehr Appetit!» Er lachte leise. Seine Lippen zitterten ein wenig. «Früher hast du drei oder vier von diesen Kuchen verschlungen», fuhr er fort.

«Ich ... ich ...»

«Aber ja. Denk doch mal nach ... Galeries Lafayette.»

«Fängst du schon wieder damit an!»

«Ja, ich fange schon wieder damit an. Damals, da war ich noch glücklich.» Flavières holte tief Luft. Er suchte in seinen Taschen, dann kramte er in Renées Handtasche nach Zigaretten und Zündhölzern. Dabei sah er sie ununterbrochen an.

«Du solltest nicht rauchen!» sagte sie vorsichtig.

«Ich weiß. Rauchen soll ich auch nicht mehr. Aber es macht mir Spaß, krank zu sein. Und wenn ich abkratze ...» Er zündete sich eine Zigarette an und fuchtelte mit dem Zündholz vor Renées Gesicht herum: «... Schadet das auch nichts. Du hast ja einmal gesagt, es tut nicht weh.»

Sie hob resigniert die Schultern. Sie war am Ende ihrer Kraft.

«Aber ja», fuhr er fort. «Ich kann dir auch genau sagen, wo das war. In Courbevoie, am Seineufer ... Mein Gedächtnis funktioniert noch, wie du siehst! O ja!»

Er saß da, beide Ellenbogen auf den Tisch gestützt, lachte und kniff ein Auge zu wegen des Zigarettenrauchs. Der Kellner brachte die Törtchen.

«Hier, iß!» sagte Flavières. «Meines auch. Ich habe keinen Hunger.»

«Wir werden beobachtet!» flehte Renée.

«Na und? Ich werde doch sagen dürfen, daß ich keinen Hunger habe! Übrigens ist das eine ausgezeichnete Reklame für das Hotel!»

«Ich bitte dich! Was hast du bloß heute abend?»

«Nichts, meine Liebe, gar nichts. Ich bin vergnügt. Das siehst du doch ... Warum nimmst du nicht den Löffel? Früher hast du den Löffel dazu genommen.»

Sie stieß den Teller zurück, nahm ihre Handtasche und stand auf. «Du bist widerlich!»

Er stand ebenfalls auf. Alle Gesichter wandten sich ihnen zu, aber das störte ihn nicht. Die anderen Leute existierten nicht mehr für ihn. Es war ihm gleich, was über ihn geredet wurde. Wer von denen könnte auch nur eine Stunde lang das ertragen, was er seit Tagen durchmachte?

Vor dem Aufzug holte er sie ein. Der Liftboy beobachtete sie beide verstohlen. Sie putzte ihre Nase und verbarg dann ihr Gesicht hinter der Handtasche. Sie tat so, als frische sie ihr Makeup auf. Sie war schön, so kurz vor den Tränen. Er war sicher, daß auch sie ihren Kummer hatte. Schweigend gingen sie den langen Korridor entlang. Als sie im Zimmer waren, warf sie ihre Handtasche auf das Bett.

«So geht das nicht weiter!» sagte sie. «Diese dauernden Anspielungen ... Das Leben, das du mir aufzwingst ... Es ist besser, wir trennen uns. Ich werde sonst noch wahnsinnig!»

Sie weinte nicht. Sie war aufgebracht, aber er spürte ihre Angst.

Flavières lächelte traurig. «Du erinnerst dich doch an die Kirche Saint-Nicolas», begann er. «Du hast dort gebetet ... Du warst so bleich wie jetzt.»

Sie setzte sich langsam auf den Bettrand, als ob sich eine unsichtbare Hand auf ihre Schulter gelegt hätte. Sie bewegte kaum die Lippen, als sie sagte: «Die Kirche Saint-Nicolas?»

«Ja ... Diese gottverlassene Kirche auf dem Land, in der Nähe von Mantes ... Du bist kurz darauf gestorben.»

«Ich ... Ich bin kurz darauf gestorben?»

Plötzlich warf sie sich auf das Bett und vergrub ihr Gesicht in den Armen. Sie wurde von Schluchzen geschüttelt. Flavières kniete sich neben sie. Er wollte ihren Kopf streicheln, aber sie fuhr auf wie von der Tarantel gestochen.

«Rühr mich nicht an!» schrie sie.

«Hast du Angst vor mir?»

«Ja.»

«Denkst du, ich bin betrunken?»

«Nein.»

«Daß ich verrückt bin?»

«Ja.»

Er stand auf und sah sie einen Augenblick an. Dann legte er eine Hand auf seine Stirn. «Vielleicht bin ich das wirklich. Aber ... dieses Kollier! Nein, laß mich ausreden, bitte! Warum trägst du es nicht?»

«Weil ich es nicht mag. Das hab ich dir doch gesagt.»

«Oder weil du Angst hattest, ich könnte es wiedererkennen? So war's doch! Hab ich nicht recht?»

Sie hob den Kopf und beobachtete ihn durch ihre wirren Haare hindurch.

«Nein», sagte sie.

«Schwörst du?»

«Aber gewiß!»

Er überlegte. Mit der Fußspitze zeichnete er komplizierte Figuren auf den Teppich.

«Dann war es also Almaryan, der dir das Kollier gegeben hat.»

Sie richtete sich auf und setzte sich im Schneidersitz auf das Bett. Es sah aus, als wollte sie sich größer machen. Er beobachtete sie voller Angst.

«Almaryan hat mir gesagt, daß er es in Paris gekauft hat, bei einem Antiquitätenhändler im Faubourg Saint-Honoré.»

«Wann war das?»

«Aber das hab ich dir doch auch schon gesagt! Soll ich denn alles hundertmal wiederholen?»

«Dann sagst du es eben noch einmal mehr. Wann war das?»

«Vor sechs Monaten.»

Das war immerhin möglich ... Nein, es war nicht möglich! Es wäre ein unglaublicher Zufall gewesen! «Du lügst!» rief er.

«Warum sollte ich denn lügen?»

«Warum? Nun gib's doch schon zu: Du bist Madeleine Gévigne!»

«Nein! Fang nicht wieder damit an – ich bitte dich! Wenn du diese Frau immer noch liebst, dann laß mich gehen! Das wäre besser für uns beide ... Ich kann dieses Leben nicht mehr ertragen!»

«Diese Frau ist tot.» Er konnte nicht weitersprechen. Seine Kehle war ausgedörrt und brannte wie Feuer. «Oder sagen wir», fuhr er nach einer Weile fort, «sie war einige Zeit tot ... Nur, das ist es ja eben ... Kann man denn nur für einige Zeit tot sein?»

«Nein!» stöhnte sie. «Sei still!» Ihr Gesicht war wieder angstverzerrt.

Er machte ein paar Schritte rückwärts. «Hab keine Angst – ich tu dir nichts ... Vielleicht rede ich ungereimtes Zeug daher, aber das ist nicht meine Schuld ... Hast du das schon mal gesehen?»

Er hatte das goldene Feuerzeug aus seiner Tasche geholt und warf es auf die Bettdecke.

Sie stieß einen Schrei aus und rutschte nach hinten zur Wand. «Was ist das?» brachte sie mühsam hervor.

«Nimm es ... Schau es dir an! Es ist ein Feuerzeug ... Nimm es in die Hand. Zünde es an! Es ist bestimmt nur ein Feuerzeug; es explodiert nicht. Es springt dir nicht ins Gesicht ... Nun? Erinnerst du dich?»

«Nein.»

«Auch nicht an den Louvre?»

«Nein.»

«Ich habe es neben deiner Leiche aufgelesen ... Das kannst du natürlich nicht wissen.» Er lachte auf.

Renée fing von neuem an zu weinen. «Geh!» sagte sie. «Geh!»

«Behalte es. Es gehört dir.»

Das Feuerzeug bildete eine Barriere zwischen ihnen. Warum quälte er sie nur so! Das Blut pochte in seinen Schläfen. Mit weichen Knien ging er zum Waschbecken und trank einen Schluck Wasser. Es schmeckte fad und roch nach Desinfektionsmittel. Er hatte noch eine Menge Fragen, aber er würde warten ... Schon einmal hatte er Madeleine durch seine ungeschickte Fragerei in den Tod getrieben. Schritt für Schritt wollte er sie dem Leben zurückgewinnen. In Renée würde er Madeleine neu erschaffen. Eines Tages würde es soweit sein. Sie würde sich erinnern ... Er schloß die Tür ab.

«Ich bleibe nicht hier!» sagte sie.

«Wohin willst du?»

«Ich weiß nicht. Aber hier bleibe ich nicht ...»

«Ich komme nicht näher. Das verspreche ich dir ... Ich werde auch nicht mehr mit dir über die Vergangenheit reden.»

Ihr Atem flog. Er spürte ihren Blick, während er sich langsam auszog.

«Nimm das Feuerzeug da weg!» sagte sie. Ihre Stimme klang, als ob sie eine Schlange vor sich hätte. Flavières nahm das Feuerzeug, warf es hoch und fing es wieder auf. «Ist das dein Ernst? Willst du es wirklich nicht?»

«Nein! Ich will, daß du mich in Ruhe läßt ... Ich hab im Krieg genug durchgemacht. Ich will nicht jetzt noch ...»

Tränen liefen ihr übers Gesicht. Sie suchte ein Taschentuch. Flavières warf ihr seins hin, aber sie tat so, als hätte sie es nicht gesehen.

«Warum bist du mir böse?» fragte er. «Ich wollte dir nicht weh tun, bestimmt nicht! Komm, wir wollen uns wieder vertragen.»

Er setzte sich auf das Bett, nahm sein Taschentuch und tupfte ihr Gesicht trocken. Eine Woge von Zärtlichkeit überflutete ihn, dadurch wirkten seine Bewegungen ungeschickt. Immer noch liefen Tränen über ihre Wangen, wie Blut aus einer unheilbaren Wunde.

«Wein doch nicht! Du hast doch keinen Grund zu weinen!» beschwor er sie. «Ist es denn so schlimm?» Er bettete Renées Kopf an seine Schulter und wiegte sie sanft. «Ich gebe ja zu», sagte er leise, «es gibt Augenblicke, in denen ich mich nicht mehr wiedererkenne. Dann überkommt mich die Vergangenheit ... Du kannst das nicht verstehen. Wenn sie friedlich in ihrem Bett gestorben wäre – das wäre auch furchtbar gewesen, sicher. Aber so ... Ich kann es dir ja sagen ... Sie hat sich umgebracht. Sie hat sich von einem Turm gestürzt ... Warum hat sie das nur getan? Warum? Das frage ich mich seit fünf Jahren jeden Tag.»

Renée stöhnte verzweifelt auf.

«So ist es gewesen», sagte Flavières leise. «Ich habe dir jetzt alles erzählt ... Verstehst du, daß ich dich brauche, mein Kleines? Du darfst mich nicht verlassen! Diesmal würde ich es nicht überleben ... Ja, ich liebe sie immer noch! Aber dich liebe ich auch – genau so ... Es könnte alles so schön sein, wenn du dir ein bißchen Mühe geben würdest ... Wenn du dich daran erinnern könntest, was passiert ist nach dem Sturz vom Turm ...»

Sie schüttelte den Kopf. Seine Arme schlossen sich noch fester um ihren Körper.

«Ich muß dir etwas sagen ... Etwas ... Ich habe es erst in den letzten Tagen begriffen.» Er tastete nach dem Lichtschalter und knipste das Licht aus.

Ihr Kopf lag schwer auf seiner Schulter, aber er rührte sich nicht. Eng aneinandergeschmiegt trieben sie dahin in der Dämmerung, in der die Formen ineinander verschmolzen. Ob es ihnen jemals gelingen würde, gemeinsam wieder in das Licht aufzutauchen?

«Ich hatte immer Angst vorm Sterben», fuhr er fort; seine Stimme war nur noch ein Hauch. «Der Tod eines Menschen hat mich außer Fassung gebracht, weil ich dann an meinen eigenen Tod denken mußte. Wenn ich sterbe ... Ich kann mich einfach nicht damit abfinden. Ich würde gern an Gott glauben. Wegen der Auferstehung ... Sein Leichnam war in einer Höhle begraben, mit einem Felsblock vor dem Eingang. Und davor Soldaten. Und dann, am dritten Tag ... Als ich ein kleiner Junge war, war ich besessen von dem Gedanken an diesen dritten Tag ... Heimlich bin ich zu den Höhlen gegangen und habe in die unterirdischen Gänge hineingebrüllt. Mein Schreien war lange unter der Erde zu hören, aber auferweckt hat es keinen ... Es war noch zu früh damals. Aber jetzt, glaube ich, ist es gehört worden ... Ich würde so gern glauben, daß es so ist! Was würde ich darum geben, wenn ich dich ... Dann würde ich mich nicht mehr fürchten vor dem Tod. Dann könnte ich vergessen, was mir die Ärzte gesagt haben. Wenn du mir sagen würdest, daß ...»

Er sah hinunter auf ihr Gesicht. Die Augenhöhlen schienen leer zu sein. Nur auf Stirn, Wangen und Kinn lag ein blasser Lichtschein. Flavières' Herz war voller Liebe. Er betrachtete sie, wartete auf ein Wort. Die Straßenbahn quietschte in einer Kurve; Lichter liefen an den Wänden entlang, wanderten über die Decke. In Renées Augen leuchtete ein kurzes grünes Feuer. Flavières löste die Umklammerung.

«Mach die Augen zu», sagte er. «Sieh mich nicht so an.»

Er spürte seinen Arm nicht mehr, er war völlig taub. Eine Hälfte von ihm war wie abgestorben. Er mußte daran denken, wie er damals Madeleine aus der Seine gezogen hatte, wie er um sein Leben gekämpft hatte, mit dem leblosen Körper auf den Armen ... Er war ein zweites Mal in die Tiefe gezogen worden, aber er wollte nicht mehr kämpfen. Er wollte nicht mehr der Retter sein. Sie war es, die das Geheimnis kannte ... Der Schlaf hüllte ihn langsam ein. Er wollte noch etwas sagen, ihr etwas versprechen, aber er war nur noch ein Schatten, der von seinen Träumen gejagt wurde.

Er spürte noch, daß sie sich bewegte, daß sie sich auszog. Er wollte sagen: ‹Madeleine ... Bleib bei mir!› Seine Lippen bewegten sich, aber er war schon eingeschlafen. Er schlief, ohne

Entspannung zu finden. Erst gegen Morgen wurde er ruhiger, und er spürte im Halbschlaf, daß sie ihn im Licht der Morgendämmerung lange betrachtete und daß sie wieder weinte.

Als er erwachte, fühlte er sich wie ausgebrannt, und er hatte bohrende Kopfschmerzen. Im Badezimmer rauschte Wasser. Er stand auf.

«Ich bin gleich fertig!» rief Renée.

Gedankenverloren betrachtete Flavières den blauen Himmel über den Dächern. Das Leben ging weiter, genau so sinnlos wie bisher. Langsam zog er sich an. Wie jeden Morgen fühlte er sich mutlos. Wie jeden Morgen war er von dem Wunsch besessen, zu trinken. Schon ein kleines Glas Whisky ließ ihn wieder klar denken. Alles war dann wohlgeordnet in seinem Kopf, und seine Ängste schmolzen dahin. Renée erschien in der Badezimmertür in einem wunderschönen Morgenrock, den sie am Tag vorher gekauft hatte.

«Das Bad ist frei.»

«Es eilt nicht. Guten Morgen; hast du gut geschlafen? Ich fühle mich nicht besonders ... Hab ich geschrien heute nacht?»

«Nein.»

«Manchmal schreie ich im Schlaf. Alpträume. Ich habe das seit meiner Kindheit. Ist nicht weiter schlimm.»

Er gähnte, sah sie an. Auch ihr schien es nicht gerade glänzend zu gehen. Daß sie so abgenommen hatte, beunruhigte ihn immer mehr. Sie stand vor dem Spiegel und kämmte sich. Flavières gab einem Impuls nach.

«Gib mal her!» Er nahm ihr den Kamm aus der Hand und zog einen Stuhl heran. «Setz dich mal hier vor den Spiegel; ich will dir was zeigen ... Die langen Haare, das ist doch ein alter Schnee!»

Er versuchte, heiter und gelassen zu wirken, aber er spürte die Ungeduld bis in die Fingerspitzen.

«Du mußt dir unbedingt die Haare mit Henna färben lassen ... Du hast helle und dunkle Strähnen. Da weiß man ja nicht, woran man ist.»

Die Haare knisterten, als er mit dem Kamm durchfuhr. Sie

hatten einen wundervollen Glanz. Sanft flossen sie durch Flavières' Hände. Sie dufteten nach Heu, und dieser Duft berauschte ihn. Er hielt den Atem an. Renée saß da mit leicht geöffneten Lippen und genoß es sichtlich, von ihm frisiert zu werden.

Der Chignon nahm Form an. Flavières brauchte zwar unzählig viele Haarnadeln, aber er war ja auch kein Figaro. Er wollte nur die Haarfülle so arrangieren, daß die Frau vor ihm einem Porträt Madeleines von da Vinci glich, voller Anmut und Grazie. Ihre zierlichen, wohlgeformten Ohren kamen jetzt erst richtig zur Geltung. Die Wölbung der Stirn war perfekt... Flavières beugte sich zu ihr herunter, um seinem Werk den letzten Schliff zu geben. Er glättete den Knoten, korrigierte hier und da etwas. Eine letzte Nadel noch. Er richtete sich auf und betrachtete im Spiegel das neue Gesicht ... Überwältigend!

Genau so hatte ihm Gévigne Madeleine beschrieben. Ein blasses, geheimnisvolles Gesicht, ganz in Gedanken versunken ... Ein Streifen Tageslicht fiel darauf. Ein vollkommenes Gemälde!

«Madeleine ...»

Er hatte es so leise gesagt, daß sie es nicht gehört hatte. War es eine Vision, dieses Spiegelbild? Auf Zehenspitzen ging er um den Stuhl herum und überzeugte sich, daß er sich nicht geirrt hatte. Renée war unter seinen Händen in eine Art Trance versunken. Sie seufzte. Als sie sich beobachtet fühlte, schlug sie die Augen auf. Es kostete sie große Anstrengung, den Kopf zu wenden. Sie lächelte.

«Ich mag es, wenn du mich frisierst. Mach noch ein bißchen weiter», murmelte sie. «Ich schlafe schon halb. Ich bin noch so müde ...» Sie warf einen flüchtigen Blick in den Spiegel. «Nicht schlecht!» sagte sie anerkennend. «Es sieht besser aus als vorher. Der Knoten ist nur ein bißchen locker – sieh mal ...»

Sie schüttelte den Kopf; Nadeln fielen zu Boden. Sie schüttelte heftiger. Der Chignon fiel auseinander, und die Haare flossen über ihre Schultern. Da fing sie an zu lachen, und Flavières lachte erleichtert mit.

«Mein armer Chéri!» sagte sie.

Er lachte immer noch und hielt sich die Schläfen. Er würde

ersticken, wenn er noch länger in diesem Zimmer blieb. Er brauchte Sonne, Lärm, Menschen. Er mußte das Bild vergessen, das er eben gesehen hatte. Er fühlte sich wie Adept, dem es gerade gelungen ist, Gold zu machen. Hastig beendete er seine Morgentoilette.

«Ich geh schon nach unten», sagte Renée.

«Nein, wart auf mich ... Ich finde, du könntest schon auf mich warten!»

Seine Stimme hatte so verändert geklungen, daß Renée noch einmal zur Badezimmertür zurückging. «Was hast du?»

«Ich? Nichts ... Was soll ich denn haben?»

Er sah, daß sie sich neu frisiert hatte. Ihre Haare waren zu einem Chignon zusammengenommen. Er wußte nicht, ob er sich darüber freuen sollte. Er band die Krawatte, ohne in den Spiegel zu sehen, schlüpfte in sein Jackett und hängte sich bei Renée ein.

«Ich geh schon nicht verloren!» sagte sie lachend.

Aber ihm war gar nicht mehr nach Lachen zumute. Sie verließen das Hotel und mischten sich unter die Passanten. Die Langeweile hatte sie wieder. Flavières war schon wieder müde, und sein Kopf dröhnte. Er mußte sich auf eine Bank setzen.

«Entschuldige», sagte er. «Ich glaube, wir müssen ins Hotel zurück ... Es geht nicht.»

Sie preßte die Lippen aufeinander und vermied es, ihn anzusehen, aber sie führte ihn gehorsam ins Hotel zurück. Während er erschöpft auf dem Bett lag, besserte Renée Strümpfe aus – Nylons waren noch immer schwer zu bekommen ... Wie lange würde sie bei ihm bleiben, hier in diesem lauten, häßlichen Raum, der so gemütlich war wie ein Wartezimmer? Er hatte nicht das Recht, sie hier festzuhalten. Er ahnte, daß sie immer noch Angst vor ihm hatte ... Gegen Mittag wollte er aufstehen, aber ihm wurde schwindlig, und so legte er sich wieder hin.

«Soll ich dir kalte Umschläge machen?» fragte sie.

«Nein, danke; das geht schon vorüber ... Geh ruhig essen.»

«Wirklich?»

«Ja, sicher.»

Als sie die Tür hinter sich zugemacht hatte, überfiel ihn wieder die Angst ... Er war ja verrückt! Warum sah er immer gleich Gespenster? Renée hatte doch ihre ganzen Sachen hier im Zimmer; sie würde nicht einfach verschwinden! Aber sie kann sterben, dachte er ... Er legte beide Hände auf die Stirn, um diesen Gedanken zu verscheuchen. Die Zeit verrann.

Der Service unten im Restaurant war nicht der schnellste, das wußte er. Aber sie hätte sich auch ein bißchen beeilen können ... Sicher genoß sie es, einmal allein zu sein und alles mögliche in sich hineinzustopfen, das sie gerne aß und sonst nicht zu bestellen wagte, um ihn nicht zu ärgern. Er haßte diese animalische Seite an ihr. Es war so gewöhnlich ... Damals in Courbevoie in dem kleinen Bistro hatte es ihm einen Schock versetzt, als sie in dem geliehenen Kleid aus der Küche kam und aussah wie ein Serviermädchen.

Seit einer Stunde war sie jetzt weg. Sie mußte völlig ausgehungert sein ... Eineinviertel Stunden ... Zu seiner Migräne gesellten sich jetzt auch noch Wut und Verzweiflung. Er weinte Tränen der Ohnmacht.

Als sie zurückkam, sah er sie voller Abscheu an. «Eine Stunde, fünfundzwanzig Minuten, um ein armseliges Beefsteak hinunterzuschlingen!»

Sie lachte, setzte sich auf das Bett und nahm seine Hand. «Es gab Schnecken», sagte sie. «Der Service ist furchtbar langsam ... Und wie geht es dir?»

«Ach, wie soll's mir schon gehen!»

«Komm, sei nicht kindisch!»

Er klammerte sich an ihre kühle Hand. Langsam beruhigte er sich wieder. Er schlief ein. Seine Finger umschlossen die kleine Hand, als ob sie ein himmlisches Spielzeug sei.

Als er gegen vier Uhr aufwachte, fühlte er sich besser. Er wollte ausgehen. «Wir gehen nicht weit. Und morgen such ich mir einen Arzt.»

Vor dem Hotel tat Flavières so, als ob er etwas vergessen hätte. «Wart hier bitte einen Augenblick. Ich muß nur schnell mal telefonieren.»

Er ging in die Bar. «Einen Whisky! Schnell!»

Er hatte es so eilig wie einer, der Angst hat, seinen Zug zu verpassen. Sie brachte es fertig, wegzulaufen ... Er trank in großen Zügen, genoß, wie der Alkohol ihm brennend die Kehle hinunterlief. Sein Blick fiel auf die Speisekarte.

«Ist das das Menü von heute mittag?»

«Ja, Monsieur.»

«Hat es nicht Schnecken gegeben?»

«Nein, Monsieur.»

Flavières leerte sein Glas, tupfte sich mit dem Taschentuch die Lippen ab. «Schreiben Sie's auf meine Rechnung!» Dann lief er los.

Sie stand noch da, wo er sie verlassen hatte. Er war liebenswürdig, redete viel. Er konnte brillant sein, wenn er wollte. Er führte sie in ein sehr schickes Restaurant am Vieux-Port. Verstand sie seine Anspielungen? Seine Blicke? Nichts war mehr echt und spontan in ihrem gemeinsamen Leben ... Er war ein so schwieriger Mensch.

Sie kamen spät zurück und schliefen sehr lange. Gegen Mittag klagte Flavières wieder über Kopfschmerzen.

«Siehst du!» sagte sie, «sobald wir auch nur ein bißchen über die Stränge schlagen ...»

«Es geht mir noch nicht besonders. Du wirst wieder allein essen gehen müssen.»

«Ich bleib nicht lange.»

«Laß dir ruhig Zeit.»

Flavières wartete, bis sich ihre Schritte entfernt hatten. Dann öffnete er vorsichtig die Tür und lief zum Aufzug. Schnell ein Blick in die Halle, in den Speisesaal. Sie war nicht da. Er rannte die Hoteltreppe hinunter. Da sah er sie am Ende der Straße. Mit großen Schritten folgte er ihr. Da haben wir's, dachte er; alles fängt wieder von vorn an ... Sie trug das graue Kostüm. Sie ging sehr schnell, hatte den Kopf gesenkt und schaute nicht nach rechts oder links. Wie damals waren viele Offiziere auf der Straße ... Sie bog in eine kleine Straße ein. Flavières verringerte den Abstand. Es war eine enge Straße mit Boutiquen, Antiquitätenläden, Buchhandlungen ... War er nicht schon einmal hier gewesen? Das war doch ... Es sah aus wie in der rue des Saints-Pères ... Sie betrat ein kleines Hotel.

Flavières wagte nicht, ihr zu folgen. Wie gebannt starrte er auf das Haus. Auf einer Marmorplatte war zu lesen: *Central Hotel*. An der Tür ein Schild: *Complet*. Flavières zitterten die Knie. Trotzdem überquerte er die Straße. Er legte seine Hand auf die Türklinke, auf der ihre Hand gelegen hatte. Er sah das Brett, von dem sie wahrscheinlich ihren Zimmerschlüssel genommen hatte ...

An der Rezeption saß ein Mann und las Zeitung. «Sie wünschen?» fragte er.

«Die Dame», sagte Flavières, «die Dame in dem grauen Kostüm. Wer ist sie?»

«Pauline Lagerlac», sagte der Mann mit einem gräßlichen Marseiller Akzent.

5

Als Renée zurückkam, lag Flavières im Bett.

«Wie fühlst du dich?» fragte sie.

«Ein bißchen besser. Ich steh gleich auf.»

«Warum siehst du mich so an?»

«Wie seh ich dich denn an?» Er versuchte zu lächeln und schlug die Decke zurück.

«Was ist los mit dir?» fragte sie hartnäckig.

«Nichts. Gar nichts.» Er fuhr sich mit dem Kamm durch die Haare, klopfte Staub von seinem Jackett.

In dem engen Zimmer kamen sie sich ununterbrochen ins Gehege. Flavières wagte nicht zu reden, konnte aber auch nicht schweigen. Er hatte das Bedürfnis, allein zu sein, den Kopf in den Händen zu vergraben, sich die Ohren zuzuhalten ... Nur allein sein mit diesem furchtbaren Geheimnis!

«Ich muß noch ein paar Besorgungen machen», sagte Renée. «Ich bin nur heraufgekommen, um nach dir zu sehen.»

«Was für Besorgungen?»

«Zuerst geh ich zum Friseur. Ich muß mir die Haare waschen lassen. Und dann will ich mir noch ein Paar Strümpfe kaufen ...»

Haare waschen, Strümpfe kaufen – das klang nach Leben! Sehr beruhigend. Außerdem war ihr Gesichtsausdruck klar und offen.

«Kann ich gehen?» fragte sie.

Er wollte sie streicheln, aber seine Hand tastete ins Leere, wie die Hand eines Blinden. «Ich halte dich hier nicht gefangen», sagte er traurig. «Wenn einer hier gefangen ist, dann bin ich es. Das weißt du.»

Schweigen. Sie puderte sich vor dem Spiegel die Nase. Flavières stand hinter ihr und sah ihr zu.

«Du gehst mir auf die Nerven, Chéri!» sagte sie.

Ihre Haare an den Schläfen vibrierten. An der linken pochte eine winzige Ader. Rotes Blut floß durch diese kleine blaue Ader. Das bedeutete Leben ... Behutsam berührte er mit den Fingerspitzen ihre Schulter. Die Haut war weich und warm. Schnell zog er seine Hand wieder zurück.

«Was hast du denn bloß?» fragte sie und beugte sich vor, um ihre Lippen nachzuziehen.

Er seufzte. Renée ... Madeleine ... Pauline ... Was nutzte es schon, wenn er sie weiter mit Fragen verfolgte!

«Geh», sagte er. «Beeil dich!» Er reichte ihr die Handtasche und die Handschuhe. «Ich warte unten auf dich ... Kommst du wieder?»

Sie drehte sich um. «Was für eine Frage!»

Er zwang sich zu einem Lächeln. Er war sehr unglücklich. Er hatte die Waffen gestreckt; er konnte nicht mehr kämpfen. Er fühlte, daß sie plötzlich Mitleid mit ihm hatte, daß sie überlegte, ob sie nicht bleiben sollte. Einen Schwerkranken läßt man nicht im Stich ... Sie liebte ihn! Ihr Gesicht wirkte zärtlich und gleichzeitig grausam. Sie kam einen Schritt, zwei Schritte näher, stellte sich auf die Zehenspitzen und küßte ihn auf den Mund ... Ein Abschiedskuß? Ein letzter Kuß? Er streichelte ungeschickt ihre Wange.

«Verzeih mir ... Kleine Eurydike!»

Sie schien unter ihrem Make-up blaß zu werden. «Sei vernünftig, Chéri. Ruh dich aus ... Mußt du denn immer grübeln?» Sie öffnete die Tür, sah Flavières noch einmal in die Augen und winkte.

Die Tür schloß sich. Der Türgriff bewegte sich nicht mehr. Flavières stand mitten im Zimmer und starrte auf den kupfernen Drehknopf. Sie würde wiederkommen ... Aber wann? Am liebsten wäre er auf den Flur hinausgestürzt und hätte aus Leibeskräften geschrien: ‹Madeleine ... Madeleine!› Vor ein paar Minuten hatte er gesagt, er sei derjenige, der gefangen war. Und genau so war es auch.

Wie stellte er sich eigentlich die Zukunft vor? Wollte er ewig mit ihr in diesem Zimmer leben? Sie Tag und Nacht bewachen? Und wenn er sie Tag und Nacht nicht aus den Augen ließ, ihr Erinnerungsvermögen würde er niemals beeinflussen können. Die wirkliche Madeleine war frei. Sie lebte in einer anderen Welt. Aus Barmherzigkeit hatte sie ihm diesen Körper geschickt. Es würde der Augenblick kommen, wo sie sich trennen mußten ... Diese Liebe war von vornherein zum Scheitern verurteilt, zum Sterben ...

Flavières gab dem Stuhl vor dem Frisiertisch einen Tritt. Verdammt noch mal! Und das Zimmer, das sie in dem Hotel in der rue des Saints-Pères gemietet hatte, und ihre Einkäufe? Sah das nicht alles nach Flucht aus? Eigentlich war das ja nicht so erstaunlich: Nach Gévigne – Almaryan. Und nach Flavières würde ein anderer kommen ... War er eifersüchtig? Eifersüchtig auf Madeleine? Das war doch Schwachsinn ... Er zündete sich mit dem goldenen Feuerzeug eine Zigarette an und ging in die Bar hinunter. Er war nicht hungrig, und eigentlich hatte er auch keine Lust auf Alkohol, aber er bestellte sich einen Cognac, weil er sich in der Bar in einen Sessel setzen wollte. Hier war es dämmrig. Nur eine Lampe brannte über der bunten Reihe der Flaschen in den Regalen. Der Barkeeper las Zeitung. Flavières saß da, das Glas in der Hand, den Kopf zurückgelehnt. Endlich konnte er die Augen schließen. Er sah Gévigne vor sich. Er hatte sich Gévigne gegenüber schäbig benommen. Und jetzt war er in der gleichen Situation. Wenn er in Marseille einen Freund gehabt hätte, dann hätte er ihn gebeten, auf Renée aufzupassen – wie Gévigne ihn gebeten hatte, auf Madeleine ...

«Garçon ... Noch einen!»

Gott sei Dank hatte Gévigne damals nicht geahnt, wie es um sie stand. Und wenn er es gewußt hätte? Er hätte auch angefangen zu trinken. Oder er hätte sich eine Kugel in den Kopf gejagt. Es gibt Dinge, die auch die seelisch stabilsten Naturen aus dem Gleichgewicht bringen. Seelische Qual ist viel schlimmer als körperliche. Anscheinend war er dazu ausersehen worden, das Geheimnis zu bewahren. Ein Geheimnis, das seine Angst vor dem Leben nur noch verschlimmerte ...

Oh, er war ganz ruhig; sein Verstand arbeitete ganz präzis. Er war sogar imstande, noch einmal die furchtbaren Bilder der Vergangenheit an sich vorüberziehen zu lassen, ohne daß ihn das Grauen packte. Er sah die Leiche neben der Kirche, das Blut auf den Steinen, die zerschundenen, gebrochenen Glieder ... Und dann Gévigne, der vor dem zerschmetterten Körper seiner Frau geweint hatte. Die Concierge hatte ihm geholfen, Madeleine für das Begräbnis zurechtzumachen. Madeleine war tot gewesen, daran gab es keinen Zweifel; sie war von dem Gerichtsmediziner untersucht worden. Was das betraf, war er beruhigt ... Genauso beruhigt wie die römischen Legionäre unter dem Kreuz beim Würfelspiel.

Ihm schwindelte, wenn er an Pauline Lagerlac dachte, an deren Selbstmord, oder an Madeleines Worte *Es tut nicht weh* ... Und als er an die Szene in der Kirche dachte, daran, wie Madeleine vor dem Altar betete, überlief es ihn heiß. Das Leben war für sie zu kompliziert geworden; da war sie einfach verschwunden ... War Renées Leben denn unkomplizierter?

In seinem Kopf drehte sich alles.

«Garçon!»

Jetzt wollte Flavières trinken. Traurig betrachtete er die dunkle Tapete hinter der Bar, hinter den Flaschenreihen. Lebte er eigentlich noch? Ja. Seine Stirn war feucht, und seine Hände brannten auf den Armlehnen. Er war durchaus lebendig, und sein Geist war in diesem Augenblick von einer Klarheit, die ihn erschreckte.

Zum erstenmal war er sich der Absurdität seiner Situation voll bewußt. Er konnte Renée nicht länger an sich binden, und er konnte auch nicht mehr mit ihr reden. Sie war so anders, so verschieden von Madeleine ... Seitdem er Renée in das kleine Hotel hatte gehen sehen, war eine Barriere zwischen ihnen, die jede Freundschaft unmöglich machte. Natürlich würde sie mit einem anderen Mann zusammenleben, mit einem, der sie lieben könnte, ohne zu wissen, wer sie war ... Gévigne hatte es damals herausgefunden. Da hatte sie sich umgebracht. Und jetzt ...

Flavières rutschte das Glas aus der Hand. Der Cognac ergoß sich über seine Knie. Mit dem Taschentuch trocknete er den Fleck, so gut es ging. Beschämt hob er das Glas auf. Er schielte zu dem Barkeeper hinüber. Aber der las immer noch. Er hätte sich in Stücke zerreißen können, daß er nicht früher darauf gekommen war ... Jetzt war sie längst verschwunden. Sie hatte ihre Sachen in das kleine Hotel gebracht ... Und eben jetzt, in diesem Augenblick, kaufte sie vielleicht eine Fahrkarte nach Afrika ... Das war schlimmer als der Tod.

Als er aufstand, schwankte er so, daß er sich an dem Sessel festhalten mußte.

«Geht es Ihnen nicht gut, Monsieur?»

Der Barmann war ihm zu Hilfe gekommen. Er begleitete ihn langsam zur Bar.

«Lassen Sie mich los!» Flavières klammerte sich an die verchromte Stange, die um die Bar lief, und starrte abwesend auf die weiße Jacke des Mannes, der sich über ihn beugte. «Es geht schon wieder ... Danke.»

«Einen kleinen Schluck zur Stärkung?» schlug der Mann vor.

«Ja ... Einen Whisky.»

Gierig hob er das Glas an die Lippen. Er haßte sich, weil er so schwach war. Aber die braungelbe Flüssigkeit würde ihm wieder auf die Beine helfen. Er würde sich schon etwas einfallen lassen, um Madeleines Abreise zu verhindern ... Wieder einmal war er an allem schuld. Vielleicht hatte sie gar nichts von ihrer

... ihrer Wiedergeburt gewußt, als er plötzlich im Hotel vor ihr stand? Und er hatte sie nach und nach wiedererschaffen, ohne zu ahnen, daß er sie dadurch verlieren würde ... Er mußte ihr alles erklären. Aber war dann ein Zusammenleben überhaupt noch möglich? Es war zu spät!

Seine Augen suchten die Uhr über der Bar. Halb fünf! «Auf die Rechnung, bitte.»

Seine Hände ließen die Stange los. Nach ein paar zögernden Schritten ging er wieder sicherer. Er durchquerte die Halle, rief den Hotelboy.

«Gibt es hier in der Nähe einen Damenfriseur? Einen guten, meine ich.»

«Chez Maryse», sagte der Boy. «Ganz in der Nähe. Höchstens zehn Minuten zu Fuß. Gehen Sie hier den Boulevard hoch. Die dritte Straße links. Das Geschäft liegt zwischen einem Blumenladen und einem Café. Es ist leicht zu finden.»

«Danke.»

Die frische Luft berauschte ihn. Er hätte zu Mittag essen sollen. Die Straßenbahnschienen glänzten so in der Sonne, daß er geblendet wurde. Auf den Trottoirs drängten sich die Menschen. Flavières ging dicht an den Fassaden entlang, um nicht von dem Strom der Passanten mitgerissen zu werden. Manchmal lehnte er sich an die warmen Steine der Hausmauern.

Er fand den Friseursalon sofort. Vorsichtig kam er näher, wie ein Bettler, der um ein Almosen bitten will. Da sah er sie durch die Schaufensterscheibe. Sie saß unter einer Haube. Sie war da! Sie war nicht fortgelaufen! So hatten sie noch eine Chance! Dem Himmel sei Dank ... Er ging an dem Salon vorbei und trat in das Café.

«Ein Sandwich und ein kleines Bier!»

Von jetzt an wollte er vernünftig sein. Er würde zu einem Arzt gehen, wieder zu Kräften kommen. Er mußte sehr stark sein, wenn er sie daran hindern wollte ... Vor allem mußte er ihr Vertrauen wiedergewinnen. Aber wie? Keine Anspielungen, keine Fragen mehr! Er durfte sie nicht mehr quälen.

Er brachte kaum einen Bissen herunter. Das Bier schmeckte

ekelhaft, die Zigarette brannte auf der Zunge. Er setzte sich so, daß er den Salon im Blickfeld hatte. Sie konnte ihm nicht entwischen! Ob sie ins Hotel zurückging? Wie sollten sie bloß den langen Abend überstehen ... Sollte er sie um Verzeihung bitten? Sie bitten, alles, was war, zu vergessen? Flavières fühlte sich wie vor einem schweren Examen. Er kannte sich nur zu gut. Er würde immer wieder versuchen, sich Gewißheit zu verschaffen. Nicht Madeleine liebte er in ihr, sondern das Leben. Und sie wollte dieses pulsierende Leben nicht mit ihm teilen. Sie war so reich und er so arm. Er konnte es nicht hinnehmen, daß sie das Geheimnis für sich behielt ... Was tun?

Die Zeit schleppte sich dahin. Der Wirt beobachtete den wunderlichen Gast, der ununterbrochen Selbstgespräche führte und auf die Straße starrte. Flavières grübelte weiter. Er fand keinen Ausweg.

Madeleine würde ihn verlassen – er konnte sie ja nicht einschließen. Bei der erstbesten Gelegenheit ... Weg war sie; Ende, aus! Er konnte es sich nicht einmal mehr leisten, wegen einer Migräne im Bett zu bleiben ... Vielleicht war es sowieso schon zu spät. Vielleicht war sie gerade auf dem Weg zum Bahnhof oder zum Hafen ... Dann brauchte er nur noch zu sterben.

Plötzlich stand Madeleine vor dem Salon, wie aus dem Erdboden gestampft. Sie trug keinen Hut, hatte die Haare in einem dezenten Mahagoniton gefärbt und zu einem Chignon im Nakken zusammengefaßt.

Flavières stürzte auf die Straße. Sie ging vor ihm her, ohne sich zu beeilen, die schwarze Handtasche unter dem Arm. Sie trug das graue Kostüm, das er ihr gekauft hatte. So, wie sie da vor ihm herlief, so hatte er sie in seinen Träumen gesehen. Er war jetzt wenige Schritte hinter ihr, wie damals am Seineufer. Ihr Parfum roch nach frischer Erde, nach Herbst, nach welken Blättern und sterbenden Blumen. Er ging wie ein Schlafwandler, eine Hand auf der Brust, den Mund leicht geöffnet ... Das alles war zu viel! Er schwankte, stieß mit Passanten zusammen, die ihm besorgt nachsahen. Er durfte jetzt nicht stürzen!

Sie stieg die Treppe zu der zerstörten Altstadt hinunter. Wie gut, daß er ihr gefolgt war! Sie hatte also nicht die Absicht, ins Hotel zurückzukehren. Ziellos schlenderte sie an den Schaufenstern vorbei. Die untergehende Sonne warf ihren Schatten zurück bis vor Flavières Füße. Was hatte sie vor? Ging sie spazieren? Hatte sie ein Rendezvous? Oder genoß sie nur die Freiheit? Vielleicht war sie schon gar nicht mehr hier, sondern weit weg in dem ‹anderen Land› ... Hinter den leeren Fassaden hörte man das Dröhnen von Bulldozern. An den geschwärzten Wänden Anschläge von Baufirmen. Kinder spielten auf den Trümmern.

Madeleine kam zum quai des Belges. Sie blieb stehen und betrachtete die geborstenen Pfeiler einer Laderampe. Unzählige Segelboote träumten Seite an Seite vor sich hin, spiegelten sich in dem grauen Wasser. Ein Junge kam, breitbeinig in seinem Motorboot stehend, an die Mole getuckert. Hier und da lagen Lastkähne auf Grund. Das war Marseille, aber es war auch Courbevoie. Die Vergangenheit wurde wieder lebendig, auf erschreckend faszinierende Weise. Flavières befand sich außerhalb der Zeit. Vielleicht waren diese Wellen, die gegen die Planken klatschten, die allen möglichen Abfall an die Kaimauer schwemmten, nicht wirklich. Und auch Madeleine nicht. Was blieb, war der herbe Duft ihres Parfums, den die Gerüche des Hafens nicht überdecken konnten.

Sie schlug die Richtung zu den Anlegestellen für die Passagierdampfer ein. Wollte sie sich ein Ticket kaufen, eine Passage buchen? Oder wollte sie sich nur die Schiffe ansehen, die in alle Welt hinausfuhren?

Männer undefinierbarer Rasse und Nationalität, viele in ausgemusterten amerikanischen Feldblusen und Armeehemden, wimmelten zwischen Baracken und Lagerschuppen umher. Madeleine schien keinen Menschen wahrzunehmen. Sie sah auf das ölige Wasser, auf den Wald von Masten mit den schwarzen Festungsmauern von Fort Saint-Jean im Hintergrund. Ganz in der Ferne Wachposten mit geschulterten Gewehren. Flavières war zum Umfallen müde, aber er gab nicht auf. Er wartete auf das, was kommen mußte. Dann, auf dem quai de la Joliette ...

Madeleine setzte sich an den einzigen Tisch vor einem Kiosk.

Flavières suchte ein Versteck. Wie damals fand er ein paar Fässer, riesengroß, auf die mit weißer Farbe: *Salgues, Algier* geschrieben war. Salgues war einer seiner Kunden in Algerien ... Madeleine schrieb an ihrem kleinen Tisch, während auf einigen Schiffen und an den Abfertigungsanlagen für Passagiere die ersten Lichter angingen. Der Wind hob das Blatt an einer Ecke hoch. Sie schrieb sehr schnell, ohne nachzudenken. Diesmal war der Brief für ihn bestimmt. Sie unterhielt sich mit ihm, so wie sie sich damals mit Gévigne unterhalten hatte. Er fühlte sich hundeelend. Sie faltete den Brief, steckte ihn in einen Umschlag und legte ein paar Münzen auf den Tisch.

Flavières verließ sein Versteck. Ein entsetzlicher Gedanke durchzuckte ihn: Wollte sie etwa wieder ...? Noch war sie ein gutes Stück vom Wasser entfernt. Gab es hier noch zu viele Boote? Suchte sie eine einsamere Stelle? Sie ging an den mächtigen, hochaufragenden Rümpfen vertäuter Schiffe vorbei, deren Ankerklüsen sie wie die Augen eines Ungeheuers anglotzten. Manchmal beugte sich ein Matrose über die Reling, oder man sah hoch droben eine Zigarette glimmen. Dicke Taue fesselten die Schiffsriesen am Kai, Gebirge aus Nacht und Schweigen. Die Laternen waren von gelblichen Lichtkugeln umgeben, in denen Myriaden von Mücken tanzten. Madeleine hatte es plötzlich eilig. Der Wind zerrte an ihrem Rock. Sie bückte sich und schlüpfte unter einer Trosse hindurch; dann näherte sie sich vorsichtig dem Wasser.

Flavières blieb hinter einem Kran stehen und wartete ab. Keine Menschenseele weit und breit. Unterhalb der Kaimauer war ein leichtes Knirschen zu hören; Boote, die gegeneinander scheuerten. Flavières schlich wie ein Dieb auf Zehenspitzen näher. Er legte den Arm um Madeleines Schultern und zog sie zurück. Sie schrie und wehrte sich verzweifelt.

«Ich bin es», sagte er. «Gib mir den Brief!»

Sie kämpften miteinander. Die Handtasche öffnete sich, der Brief fiel heraus, trudelte wie ein Blatt zur Erde. Flavières versuchte, den Fuß daraufzustellen – zu spät. Ein Windstoß hatte das Kuvert erfaßt und trug es über die Mauer. Es fiel ins Dunkel.

Flavières preßte Madeleine an sich. «Warum hast du das getan?»

«Laß mich los!»

Er nahm die Handtasche und zog Madeleine mit sich fort.

«Ich bin dir gefolgt, als du aus dem Friseursalon kamst. Warum bist du hierhergekommen? So sag schon! Was hast du mir da geschrieben? Daß du mich verläßt?»

«Ja.»

Er schüttelte sie. «Und? Was wolltest du tun?»

«Fortgehen. Morgen vielleicht ... Ich kann nicht mehr.»

«Und was soll aus mir werden?» Er fühlte sich ausgehöhlt und uralt. Erst jetzt spürte er, wie erschöpft er wirklich war. «Komm! Laß uns gehen!»

Sie kamen durch enge Gassen, in denen sich verdächtige Gestalten herumtrieben, aber Flavières hatte keine Angst mehr. Seine Hand hielt Madeleines Ellenbogen wie in einem Schraubstock fest. Er schob sie vor sich her. Er hatte das Gefühl, als ob sie beide einen sehr weiten Weg zurückgelegt hätten.

«Jetzt habe ich wohl das Recht, es zu erfahren ... Du bist Madeleine. Nun gib's schon zu!»

«Nein!»

«Wer bist du dann?»

«Renée Sourange.»

«Das ist nicht wahr!»

«Doch!»

Er sah hoch zu dem schmalen Streifen Himmel zwischen den hohen, blinden Häusern. Am liebsten hätte er sie geschlagen. Totgeschlagen, wenn es sein mußte.

«Du bist Madeleine!» sagte er wütend. «Der beste Beweis dafür ist, daß du das Zimmer in dem kleinen Hotel als Pauline Lagerlac gemietet hast.»

«Das hab ich nur getan, um dich irrezuführen.»

«Um mich irrezuführen?»

«Ja. Du willst doch partout, daß ich auch Pauline bin ... Ich wußte, daß du mir nachspionieren würdest. Ich wollte, daß du nur ... Daß du nur die andere in Erinnerung behältst; daß du Renée Sourange vergißt.»

«Und ... diese Frisur?»

«Ich hab's dir doch eben gesagt. Um Renée auszulöschen. Es sollte für dich nur noch diese Madeleine geben.»

«Nein! Ich will dich behalten!» Verzweifelt drückte er ihren Arm. Er wußte, daß es Madeleine war. Er erkannte sie in der Dunkelheit an ihrem Schritt, ihrem Parfum, an den tausend Kleinigkeiten, die nur die Liebe registriert.

Leise Akkordeon- und Mandolinenmusik kam von irgendwoher. In der Ferne blinzelte eine Straßenlaterne. Ab und zu hörte man eine Schiffssirene wie ein Tier aufheulen.

«Warum wolltest du fortgehen? Bist du nicht glücklich mit mir?»

«Nein.»

«Frag ich zu viel?»

«Ja ... und wegen allem übrigen auch.»

«Und wenn ich dir verspreche, daß ich in Zukunft keine Fragen mehr stelle? Nie wieder?»

«Mein armer Freund! Das kannst du gar nicht.»

«Hör zu ... Es ist nicht viel, worum ich dich bitte: Sag, daß du Madeleine bist, und wir reden nicht mehr darüber. Wir verlassen Marseille ... Wir reisen, irgendwohin ... Du wirst sehen, wie schön das Leben sein kann.»

«Ich bin nicht Madeleine.»

«Doch, du bist Madeleine! Du hast sogar wieder diesen leeren Blick, wenn du dich in eine unsichtbare Welt flüchtest.»

«Ich hab auch meine Sorgen, und niemand kann sie mir abnehmen.»

Er merkte, daß sie weinte. Vor ihnen tat sich ein hellerleuchteter Boulevard auf. Sie faßten wieder Fuß unter den Lebenden. Er holte sein Taschentuch heraus.

«Warte!»

Zärtlich trocknete er ihre Augen, ihre Wangen. Dann küßte er sie, nahm ihre Hand.

«Komm! Hab keine Angst.»

Sie mischten sich unter die Passanten. Aus den Cafés drang Musik. Jeeps mit weißbehelmten Militärpolizisten fuhren an ihnen vorüber. Zeitungs- und Erdnußverkäufer; Clochards, die um Feuer baten und heiser flüsternd *Camel* und *Lucky Strike* anboten – der schwarze Markt blühte.

Madeleine drehte den Kopf weg, als Flavières sie ansah. Sie gab sich nicht geschlagen; ihr Mund war wutverzerrt. Aber Flavières war selbst viel zu unglücklich, um Mitleid zu empfinden.

«Laß mich los!» sagte sie. «Ich muß mir Aspirin kaufen. Ich hab irrsinnige Kopfschmerzen.»

«Sag mir zuerst, daß du Madeleine bist!»

Sie hob nur die Schultern, und sie gingen weiter, dicht nebeneinander wie zwei Liebende. Dabei hielt er ihren Arm so fest wie ein Polizist, der Angst hat, sein Gefangener könnte ihm davonlaufen.

Im Hotel angekommen, gingen sie sofort in den Speisesaal. Flavières konnte seinen Blick nicht mehr von Madeleine losreißen. In dem Licht der Lüster sah sie genauso aus wie damals im Théâtre Marigny. Er streckte seine Hand aus und umschloß ihre Finger.

«Hast du mir nichts zu sagen?»

Sie senkte den Kopf. Sie war totenblaß. Der Maître d'hôtel nahm ihre Bestellung auf.

«Und was trinken die Herrschaften?»

«Einen Moulin-à-vent.»

Flavières war völlig aus dem Gleichgewicht. Es war, als ob Madeleine ihm den Boden unter den Füßen weggezogen hätte. Jedesmal, wenn er sie ansah, dachte er: Es ist nicht möglich – ich träume!

Sie aß kaum etwas. Von Zeit zu Zeit fixierte sie geistesabwesend einen Punkt. Er trank in aller Ruhe die Flasche leer. Er spürte Madeleines Feindseligkeit wie eine kalte Wand zwischen ihnen.

«Nun komm schon, Madeleine!» sagte er. «Du bist am Ende. Ich seh das doch ... So rede schon!»

Sie stand abrupt auf.

«Ich komme mit», sagte er.

Während sie den Schlüssel holte, ließ er sich schnell einen

Whisky an der Bar geben. Dann lief er zum Aufzug. Der Liftboy schloß das Gitter. Flavières legte seinen Arm um Madeleines Schultern. Er beugte sich zu ihrem Ohr herab, als ob er sie küssen wollte.

«Gib es zu, Chéri.»

Sie lehnte sich gottergeben gegen die Wand. «Ja», sagte sie. «Ich bin Madeleine.»

6

Mechanisch schloß er die Tür auf. Er war wie betäubt. Er hatte zu lange auf dieses Geständnis gewartet ... War es wirklich ein Geständnis? Oder hatte sie ihm nur einen Gefallen tun – oder auch selber einen Aufschub gewinnen wollen? Er lehnte sich gegen die Tür.

«Wie soll ich dir glauben?» fragte er leise. «Das ging eben zu schnell, zu glatt ...»

«Brauchst du Beweise?»

«Nein, aber ...» Er wußte nicht weiter. – Mein Gott, war er fertig!

«Mach das Licht aus!» flehte sie.

Von der Straße fiel Helligkeit durch die Rolläden, die sich an der Zimmerdecke wie Gitterstäbe abzeichneten. Die Tür des Käfigs war zugefallen. Flavières ließ sich auf das Bett sinken.

«Warum hast du mir nicht gleich die Wahrheit gesagt? Wovor hattest du Angst?»

Er sah Madeleine nicht mehr, aber er hörte sie im Badezimmer hantieren.

«Antworte mir! Wovor hast du dich gefürchtet?»

Sie schwieg.

«Du hast mich sofort wiedererkannt, damals im *Waldorf-Hotel* – stimmt's?»

«Ja, sofort.»

«Und warum hast du mir das nicht gesagt? ... Das macht doch keinen Sinn!» Er schlug mit der Faust auf das Bett. Die

Matratzenfedern schwangen leise wie Gitarrensaiten. «Dieses ganze Theater – einfach unmöglich, unwürdig! Und dieser Brief ... Anstatt mir alles zu erzählen!»

Sie setzte sich neben ihn und suchte im Dunkeln seine Hand. «Das ist es ja», sagte sie leise. «Eigentlich solltest du es nie erfahren ... Nie wissen, daß ...»

«Aber ich hab es immer gewußt!»

«Warte ... Laß es mich dir erklären. Es ist so kompliziert!»

Ihre Hand war glühend heiß. Flavières rührte sich nicht. Er war erstarrt. Er wartete auf das Geheimnis.

«Die Frau, die du in Paris kennengelernt hast», begann Madeleine, «die du im Theater zusammen mit deinem Freund Gévigne gesehen hast, die Frau, der du gefolgt bist, die du aus dem Wasser gezogen hast, diese Frau ... Sie ist nicht gestorben. Ich bin nicht gestorben ... Begreifst du?»

Flavières lächelte.

«Ja, ja. Du bist nicht gestorben. Du bist als Renée wiedergekommen. Ich begreife sehr gut.»

«Nein, Chéri – nein! Das wäre zu schön ... Ich bin nicht als Renée wiedergekommen. Ich war immer Renée. Renée Sourange. Und es war auch immer Renée Sourange, die du geliebt hast.»

«Wieso?»

«Du hast Madame Gévigne nie gekannt. Ich hab mich als Madeleine ausgegeben ... Ich war die Komplizin von Gévigne ... Verzeih mir! Wenn du wüßtest, was ich durchgemacht habe!»

Flavières hatte ihr Handgelenk gepackt. «Willst du mir einreden, daß die Leiche an der Kirche damals ...»

«Ja, es war Madame Gévigne. Ihr Mann hatte sie umgebracht ... Madame Gévigne war tot ... Ich lebte ... Das ist die Wahrheit!»

«Das glaube ich nicht!» sagte Flavières. «Gévigne ist tot; er kann sich nicht mehr rechtfertigen. Dein Glück ... Armer Gévigne! – Dann warst du also seine Geliebte. Willst du das damit sagen? Und ihr beide habt zusammen den Plan ausgeheckt, seine Frau aus dem Weg zu schaffen ... Aber warum? Warum?»

«Das Vermögen gehörte ihr ... Hinterher wollten wir uns ins Ausland absetzen.»

«Phantastisch! Und warum hat mich Gévigne gebeten, auf seine Frau aufzupassen?»

«Beruhige dich, Chéri!»

«Ich bin ganz ruhig, ich schwör's dir! Ich bin nie so ruhig gewesen ... Antworte mir!»

«Es sollte keiner Verdacht schöpfen. Seine Frau hatte nämlich nicht den geringsten Grund, sich das Leben zu nehmen. Er brauchte einen Zeugen dafür, daß Madame Gévigne sonderbare Ideen hatte, daß sie davon überzeugt war, schon einmal gelebt zu haben. Daß sie keine Angst vor dem Tod hatte. Daß Sterben für sie so etwas wie ein Spiel war ... Er brauchte einen glaubwürdigen Zeugen, der dabei war bei dem Selbstmord ... Du bist Anwalt, und außerdem kannte er dich gut, seit eurer Kindheit ... Er wußte, daß du ihm seine Geschichte abnehmen würdest.»

«Das heißt also, er hielt mich für einen Trottel, einen Spinner ... Fein ausgedacht, das muß ich schon sagen ... Du warst das also im Theater, auf dem Friedhof Passy. Es war dein Foto auf Gévignes Schreibtisch.»

«Ja.»

«Und natürlich hat es nie eine Pauline Lagerlac gegeben.»

«Doch.»

«Ah! Immerhin ... Du streitest also nicht alles ab.»

«Aber so begreif doch ...» stöhnte sie.

«Ich verstehe!» schrie er. «Ich verstehe sehr gut! Aber ich weiß jetzt auch, daß diese Pauline Lagerlac dir jetzt im Weg ist: Sie paßt nicht in deinen Roman!»

«Wenn es nur ein Roman wäre», sagte sie leise. «Pauline Lagerlac war wirklich die Urgroßmutter von Madame Gévigne. Sie hat deinen Freund erst auf den Gedanken gebracht, sich den Plan auszudenken. Die seltsame, schwermütige Urgroßmutter, der Gang zum Friedhof, das Haus in der rue des Saints-Pères, in dem Pauline gelebt hat; der angebliche Selbstmordversuch in Courbevoie ... Pauline ist ja auch ins Wasser gegangen.»

«Der angebliche ...?»

«Ja. Um den richtigen psychologisch vorzubereiten. Den ... Den Mord, der wie ein Selbstmord aussehen sollte ... Na, jedenfalls: Wenn du nicht ins Wasser gesprungen wärst, wär ich auch so wieder rausgekommen. Ich kann schwimmen.»

Flavières schob die Fäuste in die Taschen, um sich zu beherrschen, um nicht zuzuschlagen.

«Das hat sich Gévigne wirklich großartig ausgedacht!» höhnte er. «Er hat an alles gedacht! Als er mir am ersten Tag vorschlug, mit ihm nach Hause zu kommen, hat er gewußt, daß ich seine Einladung nicht annehmen würde.»

«Und er hat recht behalten: Du bist nicht mitgekommen ... Und ich hab dir verboten, in der avenue Kléber anzurufen.»

«Zugegeben ... Aber der Kirchturm! Konnte er denn wissen, daß wir ausgerechnet dorthin ... Ja, richtig; du hast ja am Steuer gesessen. – Jetzt erzähl mir nur noch, daß ihr alles seit langem vorbereitet, das gottverlassene Dorf ausgekundschaftet habt ... Daß er seiner Frau nur eine kleine Spazierfahrt vorzuschlagen brauchte, daß er wußte, welches Kostüm sie tragen würde ... So könnte es gewesen sein ... Nein! Verdammt noch mal, nein! Ich glaub dir kein Wort! Gévigne war kein Verbrecher!»

«Doch!» sagte sie. «Seine Geschäfte gingen nicht gut. Seine Ehe war auch nicht besonders. Madeleine war nicht ganz gesund. Er hatte sie von allen möglichen Ärzten untersuchen lassen, aber sie haben nichts gefunden.»

«Klar; mit ein bißchen Phantasie findet man für alles eine Erklärung ... Und die Sache mit dem Kirchturm? Ganz einfach: Gévigne ist schon dort, wartet auf dich, mit der Leiche seiner ermordeten Frau; er weiß, daß ich dir nicht bis nach oben folgen werde; er weiß von meinen Schwindelanfällen ... Du triffst ihn oben, du schreist, als er die Leiche hinunterwirft. Und ihr beiden beobachtet mich von da oben, wie ich dann neben der Toten stehe. Sie liegt mit dem Gesicht zur Erde. Sie hat einen Chignon, mahagonifarben ... Bin ich nicht gut? Und nachdem ich zum Auto gegangen bin, schlüpft ihr aus der Kirche.»

Flavières atmete schwer. Die Geschichte hatte ihn furchtbar

mitgenommen. In seinem Kopf setzte sich Teilchen für Teilchen zu einem Ganzen zusammen. Er sprach jetzt ganz leise:

«Nach Gévignes Plan hätte ich zur Polizei gehen sollen, um als Zeuge auszusagen. Denn ein paar Tage vorher, in Courbevoie... Der Haken bei der Sache war, daß ich *nicht* zur Polizei gegangen bin. Ich konnte nicht noch einmal zugeben, daß ich feige gewesen bin. Und damit hatte Gévigne nicht gerechnet. Er hatte alles vorausgesehen, nur nicht mein Schweigen ...»

Genauso hatte sich alles abgespielt. Er erinnerte sich an seinen Besuch in der avenue Kléber, an Gévignes Entsetzen... Nun war auch Gévigne zum Schweigen gebracht worden. – Er erinnerte sich an den Telefonanruf am nächsten Morgen und an Gévignes letzten Versuch, ihn zu überreden: *Sie haben sie gefunden ... Die Polizei ermittelt* ... Und an Gévignes Lüge: *Nein, sie ist kaum entstellt* ... Das war's! Er hatte ja damals nicht die Kraft gehabt, sich das Gesicht der Toten zu betrachten. Und weil es keinen Zeugen gab, hatte die Polizei weiter ermittelt und ihre Nase in Gévignes Familienangelegenheiten gesteckt. Dabei hatten sie ein Motiv gefunden: Geld! ... Gévigne konnte kein Alibi beibringen, da er ja selbst im Dorf gewesen war ... Nun, Gévigne war inzwischen tot.

Renée weinte still ins Kopfkissen. Flavières war am Ende. Er hatte mit offenen Augen einen Alptraum durchlebt. Die Frau neben ihm war also wirklich Renée Sourange ... Vielleicht hatte sie im selben Haus gewohnt wie die Gévignes. Sie hatte sich für diese traurige Komödie hergegeben – vielleicht, weil sie schwach war ... Und ein paar Jahre später war sie – nach wie vielen Abenteuern? – bereit zu einem weiteren mit ihm, dem unbedeutenden Anwalt, der ihr zufällig wieder über den Weg gelaufen war ...

Nein!

Nein und nochmals nein! Sie hatte die ganze Geschichte nur erfunden, um ihn loszuwerden. Weil sie ihn nicht liebte ... weil sie ihn nie geliebt hatte ...

«Madeleine!» rief er.

Sie trocknete sich die Augen und strich die Haare aus dem Gesicht. «Ich bin nicht Madeleine.»

Mit zusammengebissenen Zähnen packte er ihren Hals mit beiden Händen, warf sie rücklings auf das Bett und ließ nicht mehr los.

«Du lügst!» stöhnte er. «Du lügst! Weißt du denn nicht, daß ich dich liebe ... Daß ich dich liebe, hörst du? Von Anfang an ... Wegen Pauline, wegen Passy ... Ich liebe dich, wenn du so nachdenklich und abwesend bist. Meine Liebe ist wie ein wunderbarer Teppich. Auf der Vorderseite erzählt er eine ungewöhnliche Geschichte. Und auf der Rückseite ... Ich weiß nicht. Ich will es auch gar nicht wissen ... Immer, wenn ich dich in den Armen gehalten habe, wußte ich, daß du die einzige Frau in meinem Leben bist ... Madeleine ... Unsere Spaziergänge – erinnerst du dich? Es war Sommer ... Überall Blumen. Der Louvre, das verlorene ‹andere Land› ... Madeleine, ich bitte dich: Sag mir die Wahrheit ...»

Sie rührte sich nicht. Mit ungeheurer Anstrengung löste er seine Hände von ihrem Hals. Dann tastete er nach dem Lichtschalter.

Sein furchtbarer Schrei trieb die entsetzten Gäste aus ihren Zimmern auf den Flur.

Flavières weinte nicht mehr. Er sah auf das Bett. Auch wenn man ihm keine Handschellen angelegt hätte, hätte er die Hände gefaltet.

Der Inspecteur hatte den Brief von Professor Ballard an den Kollegen in Nizza gelesen. «Führen Sie ihn ab!» sagte er.

Das Zimmer war voll von Menschen. Kein Laut war zu hören.

«Darf ich sie küssen?» fragte Flavières.

Der Inspecteur zuckte die Achseln.

Flavières ging zu ihr hin. Die Tote wirkte so klein auf dem Bett. Frieden lag auf ihrem Gesicht. Flavières beugte sich zu ihr hinunter und küßte sie auf die Stirn.

«Ich warte auf dich!» sagte er leise.